TEMPO DOS MORTOS

JOSÉ ALCIDES PINTO

TEMPO DOS MORTOS
(Estação da morte • O enigma • O sonho)

Copyright © 2007 José Alcides Pinto

Direitos de edição da obra em língua portuguesa no Brasil adquiridos pela TOPBOOKS EDITORA. Todos os direitos reservados. Nenhuma parte desta obra pode ser apropriada e estocada em sistema de banco de dados ou processo similar, em qualquer forma ou meio, seja eletrônico, de fotocópia, gravação etc., sem a permissão do detentor do copyright.

Editor
José Mario Pereira

Editora-assistente
Christine Ajuz

Revisão
Rogeria de Assis Batista Vasconcelos
Clara Diament

Capa
Victor Burton

Digitação
Marciano de Araújo Carneiro

Diagramação
Arte das Letras

TODOS OS DIREITOS RESERVADOS POR
Topbooks Editora e Distribuidora de Livros Ltda.
Rua Visconde de Inhaúma, 58 / gr. 203 – Centro
Rio de Janeiro – CEP: 20091-000
Telefax: (21) 2233-8718 e 2283-1039
E-mail: topbooks@topbooks.com.br

Visite o site da editora para mais informações
www.topbooks.com.br

SUMÁRIO

TEMPO DOS MORTOS

ESTAÇÃO DA MORTE

Primeira Parte
O hospital

Médico	17
Padre Hugo	19
Mariano	20
Engenheiro	22
Turma	24
Quintino	27
Iolanda	29
Idílio	31
Colegas de Iolanda	33
Rotina	35
Véspera	37
Revolução	41
Tiras	44
Mostrengo	46
Velhos	49
Maranhense	51

Segunda Parte
A morte

Exercício da loucura	57
Visita	59

Fantasmas 61
Outros fantasmas 62
Despedida 64
Desespero 68
Reflexão 70
Angústia 72
Otacílio 74
Cartões fúnebres 76
Despenseiro 78
Crepúsculo 80
Os Três Patetas 81
A graça 83
O tempo sem o tempo 85
O dever 86

O ENIGMA
O SONHO

Primeira Parte 161
Segunda Parte 175
Terceira Parte 189

Dados biográficos 203
Bibliografia sobre o autor 207

ESTAÇÃO DA MORTE

O MONSTRO IMPÕE SUA FORÇA — SÓLIDA ESTRUTURA DE AÇO E CIMENTO. O TÓRAX EXCEDE A SAPATA. AVANÇA PARA O CONCRETO DAS RUAS. DEFORMADO, SEU NARIZ LEMBRA O DE UM LEPROSO — ALGO VERTIGINOSO QUE SUPLANTA O TERROR. NUMA ÁREA PROLONGADA, ONDE QUER QUE SE DESPEJE NO AR O FUMO DAS CHAMINÉS DOS NAVIOS, DOS BUEIROS DAS FÁBRICAS DO BAIRRO, ELE ESTÁ A ASPIRAR A FORTES HAUSTOS. A CABEÇA PLANTADA MUITO ACIMA DO TELHADO DO CASARIO QUE ELE ESMAGA COM SEU PERFIL FORMIDÁVEL. OS BRAÇOS DESCEM POSSANTES ATÉ AS BASES, EM LINHAS FIRMES E NERVOSAS. NENHUM OUTRO MONSTRO POSSUIRIA A OBESIDADE DE SEU VENTRE NEM A RESISTÊNCIA DOS PULMÕES CANCEROSOS. DIARIAMENTE INGERE CENTENAS DE CRIATURAS DESESPERADAS, E REMÓI NAS VÍSCERAS FAMINTAS O CORAÇÃO DESSAS CRIATURAS. SUGA-LHES O SANGUE. ESTRANGULA-LHES OS NERVOS, OS OSSOS, E ACABA POR EXTERMINÁ-LAS NAS SECRETAS ARMADILHAS DO GROSSO INTESTINO. ÀS VEZES, POR MERO CAPRICHO, VOMITA DO VENTRE ESCURO ALGUMAS ALMAS QUE TRAZEM IMPRESSAS NA CARNE O ESTIGMA DA CRUELDADE. TERRÍVEIS DE SE OUVIR SÃO OS DOLOROSOS AIS DOS QUE SE CONTORCEM SOB SEU JUGO. COMO A MÁQUINA SUBJUGA E DESTRÓI A ESPERANÇA QUE NASCE NO CORAÇÃO HUMANO.

Je t'aime.
Je t'aime aussi.

(Do caderno escolar de I.E.)

Sozinha vive ainda aquela face.
A rosa do mundo.

                              Yeats

PRIMEIRA PARTE
O HOSPITAL

MÉDICO

Eles pensam que não posso ouvir, não posso ver. Apenas finjo que durmo, que dormi. A droga entra-me na cabeça num torpor leve. Não dominará a mente excitada, muito excitada. Finjo apenas. Quero, entretanto, saber o que pretendem fazer de mim, se estou certo. Disseram-me que não.
— Não, que loucura — e iluminaram o painel, exibindo as radiografias.
Sou um leigo no assunto, todos os clientes.
— Se fosse o que está pensando... Abriremos para ver.
— Para ver? É preciso então abrir para saber? De que lado está a verdade? Se não me podem dar uma resposta agora, talvez seja tarde demais quando me abrirem.
— Não se pode ter certeza. As radiografias acusam apenas uma lesão, mas pode ser um tumor.
— Ele não escuta?
— Não, está clinicamente morto.
— Morto? Não, Alda, ouço tudo. Olhos fechados, apenas fingindo.
— Não, meu benzinho, ele não está ouvindo, pode crer. Venha, fechemos a porta, não há mais ninguém aqui. Só nós dois, compreende? Ele está fora de si, clinicamente morto.

— Não posso, na presença dele não ouso, não concebo. É como se por dentro dos olhos fechados ele me espiasse, risse sob a boca muda. Não posso, não concebo, você não compreende? Até seu nariz me espia.

Atiram-me o lençol na cara.

— Pronto, se era por isso...

— Cínicos!

A canção no rádio de cabeceira. O estalar das articulações. Os gemidos.

— Alda, você está louca? Você sabe o que está fazendo?

Alda não me ouve, ou finge. Abre a porta do armário, tira a aparadeira, a aparadeira de uso particular do doente, de meu uso (por que não foi se assear no banheiro das mulheres?).

O mijo espirra na borda do vaso, encachoeira-se no fundo. Exatamente como em casa, em nossa casa, quando acabamos o ato. O médico acende o cigarro, como faço; pigarreia, como eu; a voz pastosa e grunhida:

— Gostosa.

A mão aberta castiga as nádegas nuas. A boca suga os seios, soltando fumaça. Chupões no pescoço.

— Não, aí não, não vê...

Chupões nas coxas. Morcego. Não resistem. Novamente a canção no rádio, o estalar das articulações no assoalho, ao pé da cama. Minha cama. Grunhem. Animais.

Alda escancha-se na pia, a perna trepada numa posição indecorosa. Outro cigarro é aceso. Usa mais uma vez a aparadeira. A cena se repete. É preciso deixar o quarto agora, há outros pacientes a atender.

— Volto amanhã, novamente o faremos dormir.

PADRE HUGO

Padre Hugo bate à porta:
— Quer se confessar, filho? É preciso. Como ministro de Deus, não posso mentir. Você está muito doente. Não tenha medo, é para seu bem. A confissão não lhe fará mal algum.
— Não, agora não, Padre, não estou preparado. Não quero, naturalmente, contar o que ouvi.
— Ora, filho, não tenha medo. Somos adultos. Não podemos passar a vida fugindo da morte. Não devemos nos enganar. Chega um dia em que... Se for para esta noite, conforme-se. Se para amanhã, também. O importante é estar preparado.
— Não estou preparado. Na última hora mandarei Alda lhe avisar.
— Na última hora talvez seja tarde demais.
— Não será tarde, estarei vigilante. Quero que me ajude a morrer. Não posso expirar sozinho, tenho um grande pavor da morte, confesso.
— Procure recriar a Fé em seu espírito e ela virá em seu socorro. Esqueça o mundo, tudo. Esqueça tudo. Concentre-se na Fé e a paz voltará a seu coração. Será mais fácil aceitar a morte assim. Não há outro jeito. Todos nós a tememos, não posso mentir. Sou um sacerdote, um mortal como todo mundo. Jesus a temeu. Seus dias estão contados. Suas horas. Logo estará livre da prisão da carne. É prudente que se confesse enquanto está consciente.

MARIANO

Dormirá, ainda, pelo menos quatro horas.
 Examina-me a pupila, dá volta à chave. A canção no rádio de cabeceira. Exatamente como da primeira vez. As articulações estalam ao pé da cama. O mijo espirra na aparadeira. A torneira da pia é aberta. O gorgolejar da água na vagina. "Quando se fala na perna, lembra-se do fêmur; se da cabeça, o occipital; da mulher, a vagina; é seu ponto vulnerável, seu calcanhar-de-aquiles. Todas as sensações partem daquela cavidade." Eu não queria acreditar: Algemiro, um porco. Um porco? Todos os homens.
 — Mariano, não creia na humanidade. Não há salvação para ninguém.
 — Não diga isso!
 Mariano, a tarde inteira ao sol, na fila dos ônibus, pregando o Evangelho. Profeta, suando em bicas, empapando a ceroula, o fundo das calças. Testemunha-de-jeová, testemunhando misérias, abrindo olhos de cegos, olhos de peixe cozido.
 — Fale mais alto, Mariano. Grite. Estou surdo, essa gente. De ouvidos, só as árvores, os pássaros, os gatos. Humanidade surda, Mariano. Assassinaram Kennedy, sabia? Não sabia?
 — Não é possível.
 — Bala na nuca. Tiro. Você morrerá assim, a Bíblia cairá a seus pés, será chutada para a sarjeta, para a pista dos carros.

Chega de sacrifício! Vá para casa, troque de roupa, tome um porre no botequim. Seja razoável. Mataram Kennedy, você sabia? Não sabia? Enxote essa cambada de calhordas. O que eles querem é isso: pau. Homens e mulheres, putas e pederastas.

— Não diga uma coisa dessas, pelo amor de Deus; não diga uma coisa dessas!

— Digo, Mariano. Um profeta, e é como se estivesse falando às paredes, nem o rádio desligam, abrem a todo o volume. Se Jesus estivesse a falar, já os teria enxotado a bastonadas; Moisés, quebrado nas costas dessa canalha as Tábuas da Lei. Você é como Jó. Essa gente não tem piedade. Em vão você prega o Evangelho, declama versículos sagrados; ônibus vão e voltam; filas crescem e diminuem e ninguém dá por sua presença nessa praça. Não está certo. Você fala para os ventos; fala à toa. Suas palavras voam e volteiam no ar — sementes chochas —, não medram em parte alguma. Pó. Ninguém o vê passar.

Mariano chora.

— Não chore, Mariano. Joelhos de bode, calosos, peladuras de antigas feridas, horas esquecidas apoiado às colunas do templo; lábios crestados da cal das paredes; espinha em arco de tanto reverenciar o Senhor. Deus existe, Mariano; existe para você que o encontrou, que nasceu de novo na Fé, lavado em águas novas. Mas não existe para mim, que o perdi desde a infância, imundo que sou: porco. Não existe para o matador de Kennedy. Quem matou Kennedy, Mariano? Quantas vozes gritaram aos ouvidos de Lee? Quantas mãos ajudaram a puxar o gatilho de seu fuzil? Quantas pessoas assassinaram Kennedy, Mariano?

— Não me faça perguntas.

— Faço, Mariano. Você sabe, você é um vidente, um profeta. Por que não responde? Não foram os poetas, você sabe. Não vinham da parte do Senhor os assassinos.

ENGENHEIRO

— Passando melhor, filho? Quando se opera?
— Não marcaram ainda.
— Mas vou lhe dar a bênção, tenho um chamado urgente no 812, voltarei logo que me desocupe.
— Obrigado.
— Não tem que agradecer, é meu dever; não se deve morrer sem confissão se há um padre.
— Então vou mesmo morrer?
— Não quero dizer isso, mas você está muito doente. Sou um sacerdote, não posso mentir. Falam em milagres, mas não acho tão fácil assim um milagre. Praticamente não creio em milagres. Quem somos nós para alcançar milagres? Só em evocarmos essa possibilidade, já estamos pecando. Esqueçamos o assunto, voltarei logo que puder.
Braz. Os gritos atravessavam os ouvidos: agulhas. O enfermeiro passava a sonda. A mulher retirava-se, não suportava ouvir os gritos. Ninguém suportava. A bexiga não soltava a urina. O espectro do que um dia fora um grande homem. O engenheiro construtor do hospital. Aquele monstro que o subjugava, triturando-o sob o grosso intestino. O que ele fizera com amor, com dedicação, era pago agora com ódio.

A mulher fugia de seus gritos, de seus apelos. Antes, corria para seus braços, para se proteger de quê? Engenhosa, se insinuava no visgo do sexo, reclamando calor, vitalidade. Ele agora estertorava, e ninguém se apiedava. Ninguém. Nem a mulher nem a filha. O enfermeiro passava a sonda porque era pago para isso. Toda semana recebia um cheque. A mulher rezava, rezava muito. Rezava para quê? Ele estava desenganado. Ela sabia. Rezava para que se fosse logo. Livrar-se da amolação.

— O melhor, no caso, é morrer — argumentavam os membros da família.

Padre Hugo não mentia, achava que a mulher tinha razão. Nada mais restava a fazer. Era voltar a cuidar da casa, da filha, das obrigações da família. O que está morto está perdido.

Ela agora teria dupla responsabilidade, ficaria sozinha no mundo. Teria que lutar, criar a filha, educar. Mas o marido, sob a pele seca dos ossos, pensava diferente. Ele sabia que as obrigações eram passageiras, e que ela breve o esqueceria: a pintura da casa, a compra de novos móveis, vestidos, cinemas, teatros, viagens, tudo era necessário para ajudar a esquecer o morto. Já não podia viver do passado. Tinha responsabilidade a cumprir. E se lhe aparecesse um casamento, o melhor seria aceitar, pois a vida de uma viúva (principalmente a de uma viúva jovem) era, sobretudo, difícil. As tentações seriam muitas: o novo marido — uma espécie de carta de fiança para a segurança do lar.

Braz sabia que isso aconteceria tal como imaginava. Padre Hugo não penetrava na maldade do mundo, estava integrado nos problemas do espírito; não podia perceber essas coisas.

TURMA

— Entre, Roberto.
— Não incomodo?
— Não, ninguém incomoda. Lá, o telefone. Como vai a turma?
Acostumei-me a esse tratamento. Todos enfermos, desgraçados, iguais. O pijama comum, as iniciais do hospital impressas na gola, nas toalhas, nos lençóis, em todos os objetos de uso.
— Não incomodo?
— Não, ninguém incomoda. Telefone as vezes que quiser, mande a turma.
Não suportava ficar no quarto com Alda. Ela não saía da porta, ou pendurada ao telefone.
— Se precisar, estou aqui.
— Aqui onde?
— Na porta.
— Na porta, por quê? — Sei por que, mas calo. Aprendi a guardar meus próprios segredos.
Alda não gostava de me ver na enfermaria:
— Você sabe, o regulamento proíbe. Pode-se contrair outras moléstias. Há doenças que impressionam.
Faço ouvidos de mercador.

Fiz boas amizades. Na enfermaria se está mais próximo da vida. Os miseráveis se amparam, confortam-se mutuamente. A morte não está tão presente, espiando da cabeceira da cama, como quando se está sozinho, isolado no quarto. Na enfermaria, brincava-se com ela:

— Amanhã é tua vez, Vigário. (Apelidamos de Vigário o Armando, tinha uma coroa no alto da cabeça.) Vai dormir direto e, quando acordar, está no inferno.

Supersticioso, Armando dava três pancadinhas na superfície da mesa; se não havia por perto uma mesa, "isolava" no salto do tamanco.

— Vamos mudar de assunto — pedia.

Ficava pálido. Úlcera? Ninguém sabia. As radiografias apenas acusam uma lesão.

Vigário ia se operar. Seria mesmo úlcera? O medo de Vigário, sua superstição, se transferia para nós. Nosso dia também chegaria. Muitos iam para a sala de operação e não voltavam. Testemunhávamos casos, diariamente. Brincávamos assim com Vigário, na véspera. Vimos quando saiu, pré-anestesiado, e quando voltou, depois de três horas, coberto dos pés à cabeça com um lençol muito alvo. Passamos dias mudos, cada qual pensando em sua própria morte.

As radiografias acusam apenas uma lesão. Depois de aberto é que os médicos sabem de que se trata.

— Demorem aí um pouco — pedimos aos enfermeiros.

— Não podemos, é contra o regulamento.

Queríamos apenas descobrir-lhe a cabeça, ver como ficara. Afinal de contas tratava-se de um bom camarada, tínhamos o direito. Mesmo contra o regulamento, tínhamos o direito. Mas os enfermeiros cumpriam ordens do regulamento, ordens de rei, ditador poderoso.

Estaria pálido? Roxo? Pálido demais, talvez. Perdera todo o sangue na operação. Nada havia a fazer, como dizia Padre Hugo. O que está morto está perdido. A mulher reprimia os soluços, o lenço abafado na boca.

— Vamos vê-lo na necrópole; daremos um jeito de subornar a vigilância.

Mário, Jonas, Roberto, Léo e eu. Cinco ao todo, amigos do Vigário.

Esperamos que Quintino chegasse. Quintino era o chefe da enfermaria, trabalhava à tarde, entrava às 14 horas. Chegou dentro do horário. Soube no elevador.

— Quem diria que o Vigário... Ontem à noite ganhou-me quinhentas pratas. Estava no seu melhor dia. Ganhou de todo mundo. Os dados só viravam seis. O Vigário ria, com aquele beição dobrado, limpando o suor do rosto com o guardanapo. Foi o maior ladrão de guardanapo que já baixou na enfermaria.

— Os lenços estão muito caros, suo muito, e um lenço só dá para enxugar o rosto uma vez.

O Vigário suava demais, o guardanapo fechado na mão, enxugando a cabeça, o rosto, os braços, e, vez por outra, metia-o dentro das calças, secando as coxas, as virilhas.

— Gordura demais, foi isso, Quintino; tiveram dificuldade em encontrar o tumor.

— Talvez, ou talvez porque chegasse a hora. A morte quer uma desculpa.

— Vai ser difícil a gente se acostumar com a morte do Vigário. Ele estava em todas; em todas, sabe? Lembro-me de quando amarrou as pernas do Mário, fez-lhe um bigode de turco, raspou-lhe as sobrancelhas e pregou-lhe uma bola de cera no nariz. Mário virou um palhaço esquisito. Ninguém sabia por que abria tanto a boca. Ele disse:

— Mário, vamos jogar?

— Não. Estou morto de sono.

E abria a boca até não poder mais.

— Nunca senti tanto sono.

— Pois vá dormir, fica o jogo para amanhã.

Mário foi deitar-se. Mal caiu na cama, entrou a roncar. Vigário havia diluído três comprimidos de Amplictil em seu café. Mário achara-o amargo, mas havia o vício do cigarro para compensar.

QUINTINO

— Quintino, precisamos ver a cara do Vigário, era um bom companheiro, você sabe.
— Posso mandar um de cada vez. Quinze minutos é o tempo de que disponho. Precisamos despistar. O regulamento não permite.
Léo foi o primeiro a descer. Ficamos ansiosos à sua espera:
— Antes não houvesse visto. A cara de Armando não era dele. Não era aquela uma cara conhecida. As bochechas infladas como um balão, as orelhas azuladas e murchas, o beição grosso não estava caído, mas colado por uma gosma amarela, embaciada. Quintino, aquela não era a cara do Vigário. Doença esquisita a dele. Era mesmo câncer?
Diante da pergunta, Quintino confirmou.
Foi difícil a turma se acostumar com a morte do Vigário. Sua presença gritava em todas as direções. Se impunha. Eu passava a maior parte do tempo na enfermaria. Depois que Vigário morreu, cismei com o quarto. Era como se ele tivesse morrido na minha cama, olhando para mim. Olhando, olhando, somente, como se quisesse levar consigo a lembrança de meus traços, quando eu é que o devia olhar assim, eu, que ia ficar, necessitava mais do que ele guardar-lhe a fisionomia.
— Prefiro ficar aqui com a turma, Quintino. É como se ele tivesse expirado na minha cama. Quando Alda apaga a

luz, ele se põe a me olhar no escuro. A me olhar, como se quisesse me dizer algo, um recado, uma coisa assim. Mesmo com a luz acesa, não posso dormir. Se não fosse Alda, eu ficaria aqui com vocês.

IOLANDA

À noite o hospital ficava muito triste. Preferíamos as manhãs, se fosse possível preferi-las. A gente se esquecia, absorvido naquele labirinto de gazes, remédios, ordens, contra-ordens; as macas levando os doentes para a sala de operação, de recuperação, ou carregando os mortos para a necrópole.

Às primeiras horas da manhã o hospital se enchia como as estações de embarque. Iolanda abria a porta do quarto, dava-me bom-dia.

— Bom dia, Iolanda. Como tem passado?
— Bem. E o senhor?
— Assim, assim. Não me chame de senhor, promete?
— É o hábito, o senh... oh!, desculpe, não foi porque quisesse. É a força do hábito, como ia dizendo, vai ser difícil. A gente se acostuma, ordens do regulamento.
— Iolanda, você...
— Diga-me — pede ela.
— Não, não era nada.
— Nada? Não era nada? Mas, se não era nada, era alguma coisa...
— Pois era alguma coisa! Era alguma coisa!... Eu... eu queria saber se você tem namorado.

Iolanda ri. Os dentes cintilantes, os dentes claros de peixe.

— Não, não me sobra tempo para essas coisas.
Pedia licença (não podia conversar com os doentes, a não ser o necessário: ordens do regulamento). Passava o pano no assoalho, sapólio na pia, despejava a urina da aparadeira num depósito de vidro, para exame. No dia seguinte, eu a esperava ansioso.
— Bom dia, Iolanda.
— Bom dia.
Perguntava como eu tinha passado a noite anterior, como eu ia passando.
— Ontem, na condução, fiquei pensando... rememorando nossa conversa...
— Nossa conversa? Você viaja sozinha?
— Às vezes; às vezes, em companhia das colegas. Ontem saí mais tarde.
— Iolanda, o que você faz à noite?
— À noite? À noite, eu durmo.
— Eu também.
Ela ri.
— À noite, digo: antes de dormir.
— Antes de dormir, rezo.
— Eu também
Ela ri.
— E antes de rezar?
— Antes de rezar? Janto.
Calo-me. Não sei mais o que perguntar. Nem sei mesmo por que fiz tantas perguntas. Ciúme? É possível. Um homem, à véspera da morte, o que pega não pode soltar, mesmo que não tenha o direito, não pode soltar.
— Não vai mais fazer-me perguntas?
— Não.
— Não? Por que não pergunta o que faço antes do jantar?
— Talvez não tenha o direito de lhe fazer tantas perguntas.
— Tem, sim. Só você tem o direito. "Você"! Nunca pensei que ousasse um dia... Pois, antes do jantar, eu estou na condução. Moro no subúrbio.

IDÍLIO

Somos quase íntimos. Arquitetamos planos para o futuro. Eu lhe prometia um emprego decente. Era só deixar o hospital. Iríamos aos cinemas, às praias.
    Iolanda ri. Os dentes cintilantes. Os dentes claros de peixe.
    — Encoste a porta, venha.
    — Não posso fazer isso. Ela pode chegar, o médico; que vexame. Serei dispensada.
    — Não. Ela não vai chegar agora. Foi para casa ver as crianças, ainda está a caminho, e hoje é a folga do médico. Ou você não gosta de mim? Ou você não me ama? Então é isso?
    — Não pense essas coisas.
    Beija-me a nuca, os cabelos, a barba. Evito que me beije a boca, a boca amargosa dos remédios, a boca de doente.
    — Pronto, acabaram-se as dúvidas. Agora não insista mais, bem sabe que não pode se excitar. Tenha paciência. Um dia serei toda sua. Toda, entende?
    Iolanda faz-me esquecer que estou muito doente. Encoraja-me; preciso viver, razões me sobram. Os cinemas, as praias.
    Alda é quem perde por ser leviana. Iolanda sabe como agradar a um moribundo. Enquanto se vive (mesmo nas condições em que vivo), tudo é possível. Acha-se um amor até na hora da morte.

— Vigário, meus dias estão contados.
Vigário ria:
— Qual! Talvez eu vá primeiro. Você é um sujeito de sorte. Vai fazer bons programas com Iolanda. Iolanda é um pedaço; um pedaço, sabe? Helena é um caso perdido. Você já soube, não? Está desenganada. Talvez não tire esta semana. Ontem passou tão mal que não pôde escrever. Quintino contou-me tudo. Achou melhor contar-me para evitar um choque maior. Talvez tenha sido melhor assim. Seis meses, já era uma afeição bem forte. Vou sentir a morte dela, você sabe? Vou sentir. Ela me ama, realmente.

De sua cama, Vigário descobriu a moça no outro lado do pavimento. A uma distância de cinqüenta metros o amor nasceu. Barbeava-se de manhã, banhava o rosto, penteava os cabelos, empastava-os de brilhantina, como se a moça pudesse ver esses detalhes. Sentava-se à cabeceira da cama, ao pé da janela, e ficava a espiá-la. A moça fazia o mesmo, até que um dia Vigário mandou, por Quintino, o primeiro bilhete. A moça respondeu. Estavam apaixonados. Não podia visitá-la, ninguém ia à enfermaria das mulheres, o regulamento proibia. Ela, prostrada à cama; não havia esperanças de se encontrarem nunca.

Um dia Vigário surpreendeu as enfermeiras trocando-lhe a roupa. Usou óculos de alcance e espantou-se de sua magreza. Mas já a amava muito, ou precisava amar alguém. Alguém, além da mulher e da filha. Alguém que sofresse como ele. Que estivesse próximo da morte como ele.

— Está desenganada, não viverá mais de uma semana. Quintino me disse. É o câncer. Quando os cirurgiões abriram... Nunca mais ergueu-se da cama, nunca mais lhe vi o rosto, aquele rostinho pálido sorrindo para mim, puxando a boca para um canto; a mãozinha magra me acenando. Melhor seria como o Genésio; não se podia dizer "melhor", deram-lhe a anestesia e ele não acordou. Não se podia dizer "melhor", pelo menos era preferível a mais uma semana de sofrimento.

Não conheci Genésio. Dizia a turma que era um bom camarada. Quando entrei no hospital, fazia uma semana que ele havia morrido.

COLEGAS DE IOLANDA

— Entre, Iolanda; como você está linda! Que penteado chique.
— São seus olhos. Você é muito gentil. Então, gostou mesmo?
— Venha trabalhar sempre assim, com este penteado.
Iolanda retira-se sorrindo. Suas colegas já sabem que nos amamos. Visitam-me quando Alda se ausenta. Contam histórias, brincadeiras.
— Iolanda é uma moça de ouro. Trabalhadora, responsável; pobre, mas pobreza não é defeito.
— Claro que não.
— Só falta mesmo quem lhe dê uma ajuda. Ela só fala no senhor. Os médicos bem que dão em cima, mas Iolanda faz de conta!
— Meu coração tem dono.
A estopa não fica bem em suas mãos — confesso. Iolanda não nasceu para esfregar o assoalho, colher a urina na aparadeira, juntar o lixo. Uma moça honesta, responsável. Não pôde estudar, família pobre, criada no trabalho duro. Não foi além das primeiras letras.
Iolanda não usará mais a estopa — afirmo às suas colegas. Não colherá mais a urina na aparadeira; não usará mais as luvas de borracha para limpar os bidês. Terá um emprego decente,

digno de uma moça. Neste país, não é necessário possuir instrução para se ocupar um bom emprego. Tenho amigos influentes na política. Iremos aos cinemas, às praias. E vocês poderão nos fazer companhia, passar os domingos e feriados em nossa casa. Eu terei outra casa.

Elas compreendem a situação. O inferno quotidiano em que vivem, o bafio azedo da boca dos doentes, o assoalho por limpar, a urina na aparadeira, os bidês, a cesta de lixo; tudo isso para no fim do mês receber um salário de fome. O salário mínimo! Quem não ficaria alegre de possuir sua própria casa? De ir aos cinemas, às praias, receber as colegas aos domingos e feriados? Quem não ficaria? Relembrar o passado, contar como tudo aconteceu, a "primeira noite", como a outra foi esquecida...

ROTINA

— Levante o bracinho. Assim está bem. Deixe-me agora tomar seu pulso. Amanhã, não é?
— É o que dizem. O tempo passa.
— Se passa... O "amanhã" terá passado também. O "amanhã", como se jamais existisse.
Marca o tempo no relógio. No seu relógio de pulso. O tempo feito de minutos, segundos, expectativa. Quantas pulsações por minuto? Sessenta, setenta, oitenta, conforme. Conforme o estado geral do doente.
— Que tal? Como vai ele? — pergunta Alda.
— Ótimo. Ele está muito bem.
— Pois não parece. Esta pele amarela... não me parece bom sinal. Não dormiu um segundo a noite passada.
— Na véspera todos ficam assim.
Alda atende ao telefone.
— Todos ficam assim?
— Pense em Iolanda, isso ajuda. O senhor tem grandes motivos para viver.
— Você também sabe?
— Todos nós sabemos. Iolanda é muito querida.
Alda, ocupada no telefone, não percebe o que conversamos. Falamos num cicio.

— Mais tarde volto para verificar a pressão.
— Ela já esteve aqui. Não suporto vê-la colher a urina na aparadeira, usar as luvas de borracha, a estopa, assear os bidês. Isso será por pouco tempo; arranjarei um emprego decente para Iolanda, logo que deixe o hospital.

VÉSPERA

Alda passa o dia ao telefone. Com quem fala? Não sei. Ninguém sabe. As mulheres usam códigos secretos em suas conversas. Todo assunto de mulher é um segredo. Com quem fala? Não pergunto, não me perguntem. Preocupo-me com minha doença. Preocupo-me com meu futuro. O futuro de Iolanda. Se não for uma úlcera...

O diagnóstico é indefinido. As radiografias nada revelam, além de uma lesão. Sei o laudo de cor: "Estômago normal. Bulbo pequeno, deformado, com imagem suspeita de nicho. Provável úlcera duodenal." "Provável..." Uma lesão no duodeno!

As radiografias do duodeno do Vigário também acusavam uma lesão. Tudo dentro das probabilidades. Por que a dúvida? Porque tanto pode ser uma úlcera como pode ser... Não ouso, no meu caso, pronunciar a palavra terrível.

Padre Hugo: "Um dia a gente tem que se decidir, aceitar." Este dia será amanhã. Às 8 estarei marchando para uma vida mais longa ou a morte imediata.

— Vamos suspender a medicação. O senhor pode tomar, ainda no almoço, a última dose de Aldrox. Os comprimidos de Nablan. Se não conseguir dormir, tome o Miltown, depois da lavagem.

Retira-se o fantasma que dá ordens. O fantasma frio, gelado, o fantasma vestido de branco. Retira-se silencioso. A lavagem marcada para as duas da madrugada. O fantasma dá as palavras, ordens de rei, ditador poderoso.

O sujeito não é mais nada depois de internado. Está preso ao regulamento, ao médico, ao assistente, ao enfermeiro. Qualquer funcionário dá ordens. É preciso cumpri-las. O doente tem de se adaptar ao hospital, ao regulamento. Isso é importante, psicológico.

Chega-se como um bicho, apalpando os objetos com os olhos, tomando conhecimento do ambiente. A primeira impressão é a de que se entrou num hospício ou no inferno, dos quais jamais sairemos em paz. A liberdade individual cerceada ao entrar na sala de internação.

O indivíduo, agora, tem que obedecer a ordens. Passa a andar com um guia. É um interno. Recebe o pijama com a sigla do hospital impressa na gola. Ouve um rosário de instruções. A hora do banho, a hora do café, a hora das refeições, a hora do lanche, a hora de tomar os remédios, a hora de repousar, a hora de dormir. O tempo útil, dividido sistematicamente. Tudo necessariamente marcado. O regulamento é mais importante do que o próprio diretor do hospital. Quem impõe a moral no hospital é o regulamento. É quem dita as ordens. O diretor, os médicos, os funcionários subalternos são apenas instrumentos do regulamento.

É para o oitavo andar que me levam, onde fica a clínica cirúrgica de homens. Quarto 818, escrito na guia.

Sei. Já me contaram. Não há um só quarto que não haja acolhido um defunto.

— Aqui está o doente do 818 — o enfermeiro me apresenta à enfermeira de plantão. A enfermeira de plantão me apresenta à chefe da enfermaria.

— Onde fica o quarto 818? — pergunto. Ninguém me responde. Ninguém quer responder. Estranho a cama alta. A cama alta de doido. Como posso alcançá-la?

— É fácil. Mova isso aqui.

Obedeço às ordens da enfermeira-chefe.

— A senhora é a acompanhante?

— Sou sua mulher — diz Alda.

— Veja a senhora então como é.

Enquanto Alda recebe instruções, observo detalhadamente o quarto. Uma poltrona a um canto para as visitas, uma cadeira ao pé da escrivaninha, um camiseiro e um guarda-roupa.

— Para que serve aquilo? — indico uma vasilha sobre a mesinha-de-cabeceira.

— É a aparadeira de uso pessoal.

— Mijarei na pia ou no banheiro coletivo. É só o que faltava!

A janela do quarto dá para a frente do hospital. Posso ver o movimento das pessoas entrando e saindo. Entrando e saindo, aglomerando-se no pátio, como em dia de finados nos cemitérios. A torre do relógio da Central, as chaminés das fábricas do bairro entornando fumaça sobre o casario.

A paisagem não é das piores. O que me tortura são os mostradores gigantes do relógio marcando o tempo. O tempo em que hei de morrer.

Já estou vestido com um pijama e um robe. A sigla do hospital impressa na gola. Emagreci muito dentro deles. Alda teve uma crise de hilaridade quando os vesti.

— Um frade, parece um franciscano.

— Pareço mesmo? E daí?

Trincou os dentes. As mulheres não possuem a noção do ridículo, riem nos momentos mais difíceis.

Comecei a odiá-la a partir daquele instante. Abri a porta, escorei-me, tristonho. As pessoas me olhavam, curiosas. Alda cantava baixinho, esvaziando a maleta. Trouxera os melhores vestidos, os melhores sapatos, como se ali viéssemos em gozo de férias. Vestiu uma bermuda, uma blusa de seda e foi para o espelho retocar a pintura.

Eu não sabia bem o que fazer. Não tinha vontade de deitar, de ler. Debruçava-me à janela e ficava espiando os mostradores do relógio. Um vazio por dentro, um grande nojo de tudo; de Alda, principalmente. De sua alegria, de sua vulgaridade, preparando-se como se fosse para uma festa.

— Hum! Que dia lindo, não acha?

— Não acho, não vejo lindeza alguma.

— Que cara é essa? Que resposta! Vamos, acabemos com isso. Acabemos com essa tristeza. Ligue o rádio, aqui não há nada a fazer. É preciso se divertir. Aprenda a matar o tempo. Aí está o telefone. Comece a telefonar para os amigos.

REVOLUÇÃO

— O senhor é o doente?
— Claro que sou. (Alda retoca a maquiagem.)
— Seu prontuário?
— Está com a dietista.
— Obrigada.
É preciso ser social sob qualquer circunstância. Obedecer ao horário das refeições, o repouso após. Não suporto prescrições, mas são ordens do regulamento.
Alda não pára de cantar, pentear-se, admirar-se no espelho. Narcisismo.
— Mulher é uma coisa, sabe? Mulher não vale merda.
Eu não queria acreditar. Algemiro, um porco.
Nada tenho a fazer. O jeito é matar o tempo. Não agüento ficar deitado na cama alta de doido. Não suporto ouvir o rádio.
O casario do bairro trepado no morro. Vielas sinuosas. As chaminés das fábricas com seus bueiros negros fumaçando. De súbito, alguma coisa quebra-se dentro de mim, esfacela-se. O relógio da Central acende os mostradores, os ponteiros gigantes abertos em cruz. Cristo crucificado. Calvário. Não posso iludir-me, não tenho o direito. Na idade em que me encontro, não posso. Não devo.
O doente tem que se adaptar ao hospital, aprender a matar o tempo — o tempo de braços abertos em cruz. Cristo

crucificado. Matar o tempo: isso é importante, necessário, psicológico.

    O tempo passa ou não passa. Lá fora a gente envelhece sem sentir, mas aqui dói como uma ferida. Uma ferida aberta no coração. Se se pudesse escolher, optar, se se pudesse... Se não existisse o regulamento, escolheria um quarto situado noutro ângulo, onde a janela não se abrisse para o tempo.

    O tempo contado nos ponteiros do relógio, mostradores acesos. Mas ninguém pode escolher, optar. O regulamento proíbe. O regulamento, mais importante que o diretor. Aqui, acabam-se os direitos do cidadão; a liberdade. O regulamento prescreve repouso; o regulamento impõe, ordens de rei, ditador poderoso.

    Trazem-me o almoço. Não sinto fome, mas tenho de comer. Contra a natureza, tenho de comer. Ordens do médico, ordens do regulamento.

    Sento-me na cama. A cama alta de doido. Por que os doidos devem deitar-se em cama alta assim?

    — Prefere comer sentado ou na cama? — perguntam-me.

    — Posso preferir? Se posso, se não é contra o regulamento, gostaria de comer à escrivaninha, varrer da cabeça a impressão de que não estou muito doente.

    — Creio que pode, contudo, vou consultar a enfermeira-chefe, pode haver contra-indicação.

    Pois havia. Na véspera é necessário repouso absoluto.

    —Alda, você não vê? Só se fala aqui no regulamento. Todos submissos ao regulamento. Acabo ficando doido. Esta cama alta.

    Por quê?

    Para quê?

    O relógio da Central marcando o tempo no alto da torre. O rádio só fala na revolução. Mas que revolução? Não houve revolução alguma. Apossaram-se do Poder. O Poder, neste país, sempre foi uma coisa abstrata.

    O rádio só fala na revolução, todos aqui. O medo de que o hospital seja interditado. Lêem os jornais escondidos, comentam em meias-palavras, idioma espírita. O exército e a polícia vão fazer vistoria nos hospitais, em todas as casas de saúde. Era só o que faltava. Piada. Mas não é piada, antes fosse. Denúncia.

— Os hospitais estão cheios de "doentes". Os culpados se protegem, os inimigos da Nação, os traidores da Pátria.

— Mas que Nação? Mas que Pátria? Carros da radiopatrulha fazem evolução no pátio interno. Há tiras por todos os cantos, disfarçados. Tiras da Ordem Política e Social. Farejam os doentes. Há um general doente aqui. Ocupa um apartamento de luxo. Arrancou um rim contaminado. Quase que a morte o carrega, mas a morte sempre protege os maus, isso não é segredo.

Um cuia desses não morre facilmente. Está protegido pelos tiras; os tiras armados de metralhadoras, pistolas automáticas. Conspira pelo telefone. Judas. Por que o regulamento não proíbe?

— é o que todos perguntam.

Conheço bem os tiras. Conheço-os bem. Muito bem, por sinal. Será que ainda me conhecem? Será que fui denunciado?

— Psicose — resmunga Alda. — Você vê um tira em cada pessoa, você é quem acaba se denunciando. E, se desconfiarem, o que podem fazer? Está realmente doente. Tem as radiografias, o laudo médico.

— O que eles podem fazer? Você é muito otimista, não conhece essa gente do Dops. Vê-se que não conhece. São uns sádicos, iguais à Gestapo. Matam por prazer. Estamos num regime de ditadura, Estado Novo, você esquece. Não há segurança para ninguém, não há segurança alguma. Não respeitarão meu estado: Gestapo. Irão me arrancar daqui à força bruta, a cassetete, se me opuser.

— Pois entre e se aquiete.

— Será pior, estão revistando os apartamentos. Ficarei na enfermaria. Lá, com os outros, disfarçarei melhor. No quarto, acabo me denunciando.

TIRAS

Não fosse minha mulher, gostaria de ficar aqui com vocês. O quarto é muito triste — digo à turma. Não tem com quem conversar. O rádio só fala na revolução.

— O hospital está cheio de tiras, sabia? — indaga-me o Vigário.

— De tiras? — Finjo que não sei. — Por que a presença deles aqui?

— Denúncia. Disseram que os comunistas que sobraram das embaixadas se refugiaram nos hospitais.

— Calúnia! Quem é que procura um hospital a não ser por doença? Há um chefão aqui interno, é verdade?

— Foi operado, arrancou um rim. Andou de vela na mão. Dizem que se internou de propósito, o rim não estava tão ruim assim, sabia que ia estourar a revolução...

Os tiras nos espiam, puxam conversas.

— Você aí, quando se internou?

— Há uma semana.

— Há uma semana? Por quê?

— Ora essa!...

— Ora essa, não é resposta — rebatem.

Vigário salva a situação.

— A gente se interna porque precisa, porque se está doente, não se vem aqui gozar férias.
Os tiras olham para a cara larga do Vigário. Vigário estira-lhes o beição. Olham para mim. Não resisto a encará-los.
— Seu prontuário?
— Meu prontuário?
— É um débil mental?
— O prontuário está na sala de controle — responde Vigário, estirando o beição.
Tornam a me olhar, cospem-me nos pés. Insulto. Passam à frente o interrogatório.
Vigário acerca-se de mim:
— Por que eles cismaram com você, hem?
— Não sei; não sei.
— Pois eu sei. Você veio aqui para despistar, e chamou a atenção deles.
— Vim porque não suporto ficar só no quarto, como já disse.
— Está bem, isso está certo; mas foi também porque... Aqui não há delator, cada um tem a ideologia que quer. Se pretende fazer amizade com a turma, tem que confiar primeiro.
— Não suporto os tiras, é claro; razões me sobram — respondo-lhe. — Matam até indigentes. Você não leu nos jornais o caso do Rio da Guarda? Atiravam na nuca e jogavam os corpos na água. Iguais à Gestapo.

MOSTRENGO

Foi assim o meu primeiro encontro com a turma. Vigário me apresenta aos internos da enfermaria. Conta casos.
— É preciso ser forte para ver.
— Quero ver.
— Pois veja! — Puxa a cortina.
No leito, uma coisa ignóbil, um bicho. Exatamente como um bode esfolado, sangrando.
— Que foi isso?
— Queimadura, salvo do incêndio. Largou toda a pele.
A nuca do homem, do que um dia fora um homem, pulsava como a de um recém-nascido. O osso exposto, os nervos, os olhos sem cílios. A salmoura escorrendo pelas juntas. Fedentina de coisa podre, como nas imediações dos matadouros.
Não, não era possível que uma criatura chegasse a tanto. Não era mais um homem.
— Enquanto não for um cadáver tem os mesmos direitos.
— Direitos? Essa palavra não existe, Vigário. Num país em crise, em regime de ditadura, essa palavra não existe. Diante da bomba atômica, a bomba de hidrogênio, essa palavra não existe. Não existe a criatura, os direitos do cidadão. Só o ódio, um grande ódio, um grande ódio negro. Quantas pessoas não morreram em Hiroshima? Em Nagasaki? Quantas? Revolução!...

Era só o que faltava! Uma revolução neste país... Eles não sabem o que é uma revolução, não fazem a menor idéia. Idiotas!
— Cuidado com os espiões. Muitos funcionários já foram subornados. As pessoas se deixam subornar por nada. Traição. Mas eu estava preocupado agora com Hiroshima e Nagasaki, e havia esquecido a doença, os tiras. O medo desaparecera. Por que cismaram comigo? Vigário estava certo. Saindo do quarto para a enfermaria, forneci-lhes uma pista. Era aquietar-me onde estava, Alda tinha razão. Pelo menos nisso tinha razão.

Já completaram a vistoria, agora estão de volta. Param à minha frente. Perguntam-me:
— Seu nome completo?

Vacilo, olho Vigário, que se conserva impassível. Digo-lhes. Anotam e se retiram.
— Será que vão ver no prontuário?...
— Eles têm razão para... — insinua Vigário.
— Desconfio que sim.
— Algo recente?
— Há oito anos. Eu saía do jornal e fui apanhado. Estava sendo votada a Lei de Segurança. Se a lei tivesse sido aprovada, eu não estaria aqui contando a história...
— Compreendo, são uns nazistas.

Forjaram um processo: "Encontrados, em seu poder, documentos subversivos."
— Talvez não tenham a lembrança de consultar o fichário — atalhou Vigário.
— Mas por que desconfiaram?
— Desconfiam de todo mundo.

Respiro aliviado. Penso que... Ilusão. Mal dão as costas e já estão de volta.
— Vigário, vão me levar.
— Não deixaremos. Agüente firme. Não confesse. Banque o idiota. É o melhor que tem a fazer.

Estão agora à minha frente.
— Você já esteve no xadrez, não negue.
— No xadrez? Por quê?

— Porque é por sua conta.

— Por minha conta?

— É um débil mental, não vê — acudiu um do grupo, e se foram, atirando impropérios. Se tivesse insistido no interrogatório, eu acabaria confessando. Nunca menti, e o medo havia sido substituído pelo ódio. Eu lhe teria dito na cara:

— Fui preso, sim, seu cachorro, e daí?

Ele guardava bem meus traços, como eu guardara os seus. Era evidente que, com os anos, ainda se perdesse em dúvidas. Eu agora estava doente, emagrecera alguns quilos. Guardava-me, em minha cela, como a um criminoso comum, mais que a um criminoso comum. Vigiava obstinadamente meus pensamentos, meus gestos, e creio que foram estes que lhe revelaram aquele antigo "perturbador da Ordem Pública".

VELHOS

A turma atende por alcunha, ou pelo número do leito. Mário é o 3; Jonas, o 5; Roberto, o 7; Léo, o "Paulista"; Armando, o "Vigário".
    Vigário, esta é a minha mulher. Paulista, 3, 5, 7, esta é minha mulher. Apresento-a à turma.
    Alda conversa por todas as juntas. Pergunta pela família de cada um: a mulher, os filhos. Indaga dos avós, bisavós, dos parentes, dos aderentes. Desce à raiz mais antiga. Chega ao tronco, sobe aos galhos, alcança a folha mais nova. Desencava coisas do arco-da-velha: um general-de-brigada, herói da guerra do Paraguai; um grande vulto da maçonaria; um descendente de sangue real etc. É compreensível que muitos agora se orgulhem de seus antepassados. A maioria desconhecia sua ascendência.
    Formamos uma só família. Às 18 horas, depois do jantar, arrastamos as cadeiras para a varanda da enfermaria. Jogamos sete-e-meio, buraco ou víspora. O grupo dos velhos prefere jogar xadrez, gamão ou dominó. Outros, mais solitários, se debruçam na sacada e ficam a espiar o cais do porto, pedaços da zona norte da cidade.
    Os velhos fumam muito. Tossem demais. Inquietos, não param nos assentos. Levantam-se após cada partida ou ainda no meio; vão à cama, cascaveiam debaixo do travesseiro, à procura de nada. Inquietação. Hábito. A idade inventa mania.

Os velhos deslocam-se por toda parte da enfermaria. Escarram. Urinam a todo momento.

Os velhos resmungam a todo instante, se queixam da doença, falam sozinhos, dão ordens severas.

Os do norte conservam o hábito da região. Fumam o fumo de rolo, o cigarro de palha de milho. Guardam a bagana atrás da orelha. Usam alpercatas de couro curtido. São sempre esses os que se debruçam na sacada, falam sozinhos, dão ordens severas; são esses os que jamais conseguem rir.

Os do sul são, sobretudo, lamurientos; mas conseguem, não obstante, rir às gargalhadas quando a sorte ajuda no jogo, ou quando ouvem uma anedota engraçada.

Alda prefere conversar com os do sul:

— Chega de amargura. A gente tem de ver a vida com otimismo.

MARANHENSE

— Apito triste, Vigário.
— Já lhe contei a história do Maranhense?
— Não. Mas não quero ouvir. Não gosto de histórias tristes.
Alda quer saber. Ela quer saber de tudo.
— Como foi a história do Maranhense?
— É um caso muito triste — comenta Vigário. — Se a senhora quer saber...
— Ora, ora, seu Vigário, não faz mal, aqui não há crianças.
"Seu Vigário", a turma ri.
Alda pede desculpa:
— É verdade, por que o nome de "Vigário"?
O 5 responde:
— Por causa da peladura no meio da cabeça.
Vigário ri, estirando o beição.
— Pois, se não me dissessem, eu não havia notado. Hoje é tão comum nos homens...
Vigário começa a história:
— O cais estava esplêndido. A lua cheia, grandona assim, boiava no céu. De repente, ouviu-se o apito de um navio. Um apito comprido. Um apito de partida.
— Não posso ficar aqui — gritou o Maranhense. Não agüento mais este inferno.
Pensávamos que ele estivesse falando por falar, ou mesmo porque estivesse triste. Mas o Maranhense atirou-se do parapeito. O corpo ficou pregado no cimento.

SEGUNDA PARTE
A MORTE

Eu vou para Deus, mas não esquecerei a quem amei na terra.

Santo Ambrósio

EXERCÍCIO DA LOUCURA

Estou integrado nesta atmosfera antes insuportável. Nos primeiros dias, era como se fosse um prisioneiro, um bicho arrancado a seu pasto, a sua região. O cheiro dos remédios dava-me tontura, vontade de vomitar. Não sabia como matar o tempo, a não ser girando no quadrado do quarto: bicho em sua jaula. Os objetos pintados de branco: cadeiras, camas, mesas, armários, cabides — os guarda-pós dos médicos, das enfermeiras, esterilizados, formavam uma paisagem cintilante, uma paisagem melancólica.

Tudo era ao mesmo tempo muito artificial e difícil de suportar. O cheiro do iodofórmio nos lençóis da cama, a cara triste dos doentes, os embrulhos brancos que as macas transportavam diariamente para a necrópole.

Com o passar do tempo, essas coisas caíram na rotina: o olfato já não ligava ao cheiro do iodofórmio, os olhos viam os embrulhos com naturalidade, as caras dos doentes já não incomodavam. Havia descoberto um meio de matar o tempo. O jornaleiro trazia revistas de anedotas, nudismo, palavras cruzadas. Havia entre os doentes criaturas estranhas, singulares. Uns contavam anedotas inconvenientes; outros, histórias de assombração.

Os jornais e os programas habituais no rádio de cabeceira serviam para matar o tempo, se alguém se dispusesse a matá-lo.

Essas coisas afastavam, embora por alguns momentos, o medo da morte ou o tédio — o grande tédio. Estava em cada um saber vencer a solidão, a paisagem iodoformizada e cintilante. Para isso, era necessário que o doente renunciasse aos hábitos antigos e se integrasse naquela atmosfera e deixasse que ela o envolvesse, o sugasse, o possuísse.

Antes de ingressar na turma, antes da "integração", adotei um método estúpido de matar o tempo. Deitado na cama, com os pés apoiados na extremidade, contava os dedos dos pés: um, dois, três, quatro, cinco — recolhia uma perna. Um, dois, três, quatro, cinco — recolhia a outra perna. Somava a operação: cinco da perna esquerda e cinco da perna direita.

Fazia a mesma coisa com os dedos das mãos. Depois apanhava na mesa-de-cabeceira a folha de papel e o lápis, e, com a lombada da Bíblia, traçava linhas paralelas, linhas horizontais, e escrevia as colunas numéricas. Esgotava a numeração arábica, a numeração romana. Feito isso, aplicava a fração decimal e terminava na divisão do tempo. Um século tem cem anos etc.

Matava o tempo, inutilmente. E isso era, sobretudo, necessário fazer. Esse exercício evitava o desespero, a loucura. Havia casos piores no hospital. A desgraça alheia servia para minorar nossos males. É inadmissível que aceitemos esse conceito, mas é absolutamente necessário. Ele prevalece sobre nossos sentimentos.

Dr. Braz tinha-nos deixado em paz — o esqueleto com seus gritos finos. Mas havia ainda aquela coisa ignóbil, cercada de plástico, num canto da enfermaria: o salvo do incêndio; de pele nova e sangrenta, como um bicho esfolado; os cabelos despontando rebeldes, começando a nascer-lhe novamente sobre a pele escarlate. Aquele monstro há três anos resistia aos sofrimentos. Chamava-se Nilo. Agora já podia resmungar, se mexer no leito coberto de gazes.

— Hum, diabo!

As moscas atravessavam o véu. Ferroavam-lhe as feridas.

VISITA

Os dias de visita são, de ordinário, dolorosos. Era preferível que o regulamento proibisse as visitas. As pessoas geralmente vêm aos hospitais como vão às festas. Põem a melhor roupa, o melhor perfume; falam da doença, perguntam, especulam por algo que não lhes diz respeito. E acabam por nos irritar. Ademais, oferecem-nos objetos que nos deprimem: medalhas, rosários, livros de orações e agnus-dei. Há criaturas cretinas que nos trazem flores, pêras, maçãs, uvas e biscoitos.

As mulheres retiram de suas bolsas de passeio o estojo de manicura: tesoura de unhas, alicates, serras, esmaltes. Fazem as unhas de seus doentes.

Para quê? Elas não compreendem. A morte não... O doente não sente prazer nesses artifícios. Quer paz, sossego; quer deixar o hospital. Aonde se vai de unhas feitas?

Muitas mães de família trazem as filhas para flertar com os médicos. Acham o hospital muito divertido. Há asseio, disciplina; os médicos bastante simpáticos. Para agüentar mulher é preciso ter nervos.

Jonas passa com seu tufo de cabelos rebeldes eriçados na ponta do nariz. Abafam o riso nos lenços. Mulher não vale merda. Não possui o senso do ridículo.

Havia muitos casos de enxertos. Os médicos tiraram um naco da perna de Jonas e enxertaram-lhe no nariz. Uma maçaroca de cabelos ruivos cresceu no local. A gente brincava com ele: "Vai ver, Jonas, que isso é carne de bunda."

FANTASMAS

O silêncio é anunciado pelo apagar das luzes nos corredores. Todo o hospital mergulha na penumbra. Num ambiente quase irreal. Por um momento lembra um claustro, mas logo um gemido, um grito, perturba a paz aparente. O sinal vermelho no quarto do enfermo pulsa incessantemente. É preciso que alguém o socorra. Pode ser apenas para mudar de posição no leito. Pode também estar morrendo.

O vulto branco da enfermeira de plantão desliza pelos corredores: fantasma. Se o caso for grave, ela voltará à sala de controle e avisará o médico. E são agora dois fantasmas levitando pelos corredores, num vôo rasante. Outros fantasmas podem, igualmente, levitar em direção ao quarto do enfermo. Uma legião deles, se o paciente, em verdade, estiver morrendo. Um fantasma vestido de preto aparecerá e se reunirá aos demais — um fantasma que tem uma missão diferente. Ele será o último a deixar o quarto.

Durante a noite muitas coisas podem acontecer sem perturbar a ordem, o silêncio. Uma criatura pode ressuscitar dos mortos ou entrar em seu reino sem que o saiba. Pode subir ao paraíso ou descer aos infernos, conforme o merecimento de sua alma.

OUTROS FANTASMAS

Estou sempre predisposto a tomar os maiores sustos. Já disse que os médicos e as enfermeiras andam como fantasmas, visões. Quando vou conciliando o sono, eles aparecem, sempre em par, para tomar-me a pressão, medir a temperatura, ministrar a dose dos medicamentos.

— Levante o bracinho, não tenha medo.

Marcam o tempo no relógio de pulso.

— Agora, durma.

Metem-me, com a mãozinha de fada, o braço debaixo dos lençóis. O braço gelado do doente. Meu braço. Dão boa-noite e se retiram.

Fico a sonhar com suas vozes leves, seus hálitos quentes, suas silhuetas irreais. Perco o sono. O recolhimento da noite, desse momento agora calmo, convida-me à reflexão, e gostaria de apanhar os *Exercícios de Inácio de Loyola*, aqui à mesa-de-cabeceira, e ler algumas passagens. Mas o regulamento proíbe acender a luz, a não ser para atender a uma necessidade imediata.

Não há outro jeito senão pensar em Iolanda. Alda, quando se deita, é como uma pedra. Não sabe o que se passa durante a noite. É preferível que ela durma. Está sempre disposta a dar ordens e contra-ordens. Esconde-me o laudo radiológico. Estava sempre a lê-lo quando me sentia só. E muito só fico sempre toda vez que me acho em sua companhia. Não sou um trouxa. Sei bem a gravidade do meu estado. Certas coisas me são mais graves do que a doença. O leitor sabe, certamente, a que me refiro. Estou preso ao regulamento, aos filhos, a uma série de coisas que o homem suporta mesmo contra seus princípios, seus sentimentos mais fundos.

A sociedade não entra nessa história. Sou um homem anti-social, anticonvencional, um "anti" em tudo. Mas tenho deveres a cumprir. E há aquilo que se chama de dignidade humana, de que não abro mão.

DESPEDIDA

Padre Hugo bate à porta. Acabou de ler no quadro os nomes dos doentes que vão operar no dia seguinte. Às segundas e quintas faz essa leitura habitual.
— Sei que é amanhã, às 8. É prudente que se confesse, filho. Quem de nós pode afirmar que daqui a um minuto estará vivo? Depois, uma operação é sempre perigosa. A confissão só lhe poderá fazer um grande bem. Que cismas são essas?
Alda, como sempre, inconveniente:
— Ele pensa que vai morrer. Veja só!
— Penso. E daí? Por que agora a insistência? Nunca pratiquei um crime. Nunca... Não devo falar.
— Fale, filho, não tenha cerimônia. Aqui só há o ministro de Deus e sua honrada esposa.
Sua honrada esposa, hem? Se falasse... se pudesse... o que seria feito da "honrada esposa"?
— Nunca pratiquei um crime. Nunca... Não creio que possua grandes pecados.
— Só em pensar assim já está pecando. Quem não tem pecados?
— Nunca pratiquei um crime. Nunca pratiquei um ato que desabonasse minha moral. A moral do meu lar.

Alda se espanta:
— Que diz você? Que insinua?
— Eu não insinuo nada. Cada um tem a consciência de seus atos. O diabo possui um grande livro, onde faz anotação dos pecados das criaturas.
— Filho, creio na sua pureza. Mas você vai ser operado amanhã. É preciso se confessar.
— Não. Não estou preparado. Na última hora mandarei lhe avisar.
— Na última hora talvez seja tarde demais, é o que acontece a todos.
— Não acontecerá. Estarei vigilante. A menos que eu esteja com câncer, se estou, não me negue. Não gostaria de morrer enganado.
— Que loucura! Receba os sacramentos. Atenda ao pedido de sua esposa.
— Já disse, Padre, a menos que... o senhor não pode mentir. O senhor é o ministro de Deus na terra... se estou com câncer...
Padre Hugo se retira sem uma palavra.
— Então é verdade? Então não há mesmo esperança? Por que todos aqui morrem de câncer?
Ninguém responde. Ninguém quer responder. Jonas bate à porta.
— Entre, Jonas, pode telefonar. Como vai a turma?
— Não vou telefonar. Mandaram-me aqui para...
— É amanhã, às 8. Aqui está o aviso.
Jonas lê: "Jejum para amanhã. Suspender a alimentação e os medicamentos." Sim. Ia me esquecendo: o 3 mandou dizer que não se confesse. Todos os que se confessam morrem. O Padre velho é cabojado.
— Não me confesso, Jonas. Não me confesso. Volta e meia está aqui no quarto, feito urubu, me observando. Está me esgotando a paciência. Fico a imaginar coisas...
— Com Vigário foi também assim. Até que conseguiu.
— Da próxima vez o expulso. Você verá.
— Iolanda já esteve hoje aqui?

— Acho que ainda não apareceu por causa de Alda.
— Foi ela quem nos avisou. Viu na escala. O 3 disse que não haverá buraco hoje à noite. Só depois que se souber o resultado.
— Besteira do 3.
— Besteira ou não, mas todos ficaram de acordo. Se não incomoda, se D. Alda não acha ruim, vem um de cada vez.
— Ora, Jonas. Diga à turma que é um prazer.

Jonas abraça-me como se o fizesse a um irmão. Chora no meu ombro. Quentes, as lágrimas descem-me pelo corpo. Molham o pijama.

— A turma vem aí. Um de cada vez, para não tumultuar.

Alda dá de ombros. Essas coisas não a incomodam. Ela gosta de vida assim: gente, muita gente; conversa, barulho; o rádio ligado, o telefone chamando.

— Não se confesse.
— Sossegue. Não me confessarei.
— Ele costuma dizer: "A confissão não lhe poderá fazer mal algum."
— Ele veio com essa mesma conversa, mas eu o despachei. Disse que não estava preparado. Ninguém pode enfrentar uma confissão sem preparo.

O 3 abraça-me. Chora no meu ombro, como Jonas. Quentes, as lágrimas escorrem-me pelo corpo. Empapam o pijama. Mande o 7, o Paulista. Não percam tempo. Pode aparecer alguém. Um agente do regulamento.

— Ora, Roberto, que besteira. Não estou magoado com você, com ninguém. Você ganhou porque teve sorte. Ontem eu estava pesado. O diabo do Padre velho me perseguindo. Na véspera essas coisas põem a gente neurastênico.
— Não se confesse. Olhe o exemplo do Vigário. Não sobra um. O Paulista não virá. Está sentindo dores. Quintino aplicou-lhe uma injeção. Deixou-o dormindo. Amanheceu esquisito. Pálido como nunca.
— Abrace-o por mim.

Roberto inclina a cabeça no meu ombro. Quentes, as lágrimas escorrem...

— Como é: não temos jogo hoje? Não temos buraco, só por sua causa, hem? Vamos entrar no canivete, arrancar esse troço, dar comida aos gatos.
— Como vai o Paulista?
— Talvez se opere também amanhã, se a crise voltar.
— Roberto me disse que ele estava diferente.
— Diferente? Roberto fala demais. Você se impressiona à toa.
— Quintino, será que estou com a doença do Vigário? Será que Léo também está?
— Você só diz asneiras! Pois morra, morra que eu me caso com Iolanda. Mas morra logo. Não dê trabalho à gente. Você sabe que peixão vai trinchar!
— A que horas ela pode vir?
— Depois das 18.

DESESPERO

Quintino é mais experiente que os outros. Não me abraça. Põe a mão no meu ombro e se retira rápido.

Não haverá jogo hoje à noite. Depois do jantar, abrirão o jornal ou a revista de palavras cruzadas. Lerão notícias, ou fingirão que lêem. Resolverão problemas de logogrifos, ou não resolverão. De vez em quando, um se levantará para espiar o Paulista. Comentará com os demais: será que o Artur e o Paulista têm a doença do Vigário? Encherão o cinzeiro de pontas de cigarro.

— Se ele morrer, Iolanda enlouquece. D. Alda pouco faz. Não larga o telefone. Achará até divertido. Artur tem boas amizades. Grandes amizades... Terá muito para quem telefonar.

Iolanda perguntará: "Que horas Artur disse que eu podia ir?" Depois das 18, Quintino dirá. D. Alda terá descido para o jantar. "Depois das 18?" Iolanda repetirá maquinalmente como um autômato. Quintino a arrancará da abstração com esta ordem brusca:

— Vamos, limpe logo isso, não se pode andar aqui. O chão cheio de vômitos. Está na hora do rodízio. Os médicos não tardarão a aparecer.

Iolanda esfrega a estopa molhada no chão. Todos a estimam. Ninguém lhe solta indiretas. É uma espécie de irmã. Se chega um novato, a primeira coisa que ouve é esta advertência:

— Aqui não se mexe com Iolanda.
Ouvi também essa advertência. Mas foi Iolanda, com o tempo, quem se abriu:
— Você é diferente dos outros, Artur. Muito diferente.
E foi dessa diferença que nasceu nossa amizade, Vigário ajudava-a na enfermaria, não deixava que ela passasse a estopa no chão. Ele mesmo o fazia. Esvaziava a aparadeira dos que não podiam ir ao banheiro. Visitava os leitos, um por um, certificando-se do que estavam necessitando. Vigário não era para ter morrido.
Iolanda bate à porta:
— Entre, Iolanda. Sinto você não ter podido aparecer mais cedo. Na véspera você sabe como é: vêm os amigos, as colegas de Alda. Ela gosta disso. Você sabe. Temperamentos opostos, que posso fazer? Teremos tempo.
Iolanda quase não pode falar. Não me tira os olhos, como se eu já fosse um moribundo. Que há comigo? Não me dá resposta. Sofre. Realmente.
— Sente-se. Ela não virá agora.
— Pode vir.
— Não vem.
— Não fica bem. Deixe-me ir enquanto posso.
— Enquanto pode? Por quê?
— Você não entende? Gosto de você, Artur. Não sei o que será feito de mim se você me faltar.
— Tolice. Estarei de volta para realizar o que planejamos.
Abraçamo-nos. Iolanda se retira soluçando alto, como se acabasse de abraçar o meu cadáver.

REFLEXÃO

Hoje o jantar chegou dentro do horário, por sinal a dieta melhorou. O arroz veio solto, o purê de batata mais salgado, o purê de abóbora enxuto, a maçã assada está deliciosa, e o peito de frango, assado, exala um cheiro de canela. O jejum é para amanhã. Na véspera, a dietista deixa o doente abusar — às vezes é a última refeição que faz. Todos sabem disso. Mas não adianta ficar triste. É prudente brincar com a morte. Vencer o medo.

Na véspera, o doente espia a bandeja demoradamente, minuciosamente. Analisa as frações da comida em seus lugares certos. Degusta cada alimento com os olhos. É necessário ver que tudo é necessário, que cada coisa, cada objeto, tem seu valor. É necessário que esse valor seja percebido por todos os sentidos. Nada, absolutamente nada, pode fugir ao exame detalhado. Isso é muito importante para o doente. Isso é muito importante na véspera. O doente pode estar empregando os últimos momentos que lhe são reservados. É necessário guardar a lembrança nítida de tudo. Uma lembrança real, e o doente descobre nuances jamais percebidas: a luz interior que há nos grãos de arroz, as fissuras rosadas da carne, o colorido da abóbora, as cores da maçã, a luz cintilante dos talheres. E esse mundo de beleza lhe é oferecido às 18 horas, em sua cama, na sombria atmosfera de seu leito. Come quase em plena paz os grãos de arroz. Os purês e o peito de frango. Pode tomar o leite gelado após a refeição, se não lhe apetece o refrigerante.

O doente tem, agora, uma compreensão exata de tudo, um saber maior, a nítida presença das coisas que o cercam, o alcance de um discernimento justo. Está despojado de seu amor-próprio, e sua razão tornou-se flexível como uma mola.

Há um mundo de beleza em cada coisa, em cada objeto, em cada gesto, que é preciso apreender. Os móveis do quarto também lhe foram objeto de demorada inspeção; e o Cristo na parede, de braços abertos, o grande Cristo é testemunha de sua renúncia. Não precisará, certamente, dos cuidados de Padre Hugo. Já não teme a morte. Mergulhou a alma num ciclo de beleza e ela veio à tona purificada. O doente é uma criança. Pode morrer tranqüilo.

— Padre Hugo, quero a morte. Que ela venha o quanto antes. Que ela venha já, agora.

O Padre pensa que o doente enlouqueceu. Mas o doente está apenas iluminado, purificado na luz dos grãos do arroz, dos purês, da carne, das frutas. O doente está possuído da grande beleza da véspera, da grande força do pouco tempo que lhe resta; possuído de grandes verdades.

ANGÚSTIA

O relógio da Central aceso. Os mostradores brilhantes marcando o tempo. Angústia. Alda tenta dormir, mas não consegue. Não consigo tampouco. Abre a luz. Apanha uma revista. Folheia. Fecha. Abre e torna a fechar. Em que estará pensando? Ela sabe que as horas se arrastam morosas, mas passam. Ou melhor: morosa é a véspera. A expectativa. As horas voam. Os ponteiros gigantes do relógio parece que não se movem, mas por trás deles o tempo sopra veloz. Doze pancadas soaram ainda há pouco. Doze! Vencemos a metade da noite. Não consigo dormir. Alda também não consegue. Na véspera não se dorme.

Alda atira a revista para um canto. Apanha a Bíblia na cabeceira da cama. Lê um trecho ao acaso:

> *A lei do Senhor é perfeita,*
>   *conforto para a alma;*
> *o testamento do Senhor é verdadeiro,*
>   *sabedoria dos humildes.*
>
> *Os preceitos do Senhor são justos,*
>   *alegria ao coração;*
> *o mandamento do Senhor é reto,*
>   *esplendor para os olhos.*

> *O temor do Senhor é santo*
> *e firme para sempre;*
> *os juízos do Senhor são fiéis,*
> *e justos igualmente.*
>
> *Mais preciosos do que o ouro,*
> *do que o ouro mais fino;*
> *suas palavras são mais doces do que o mel,*
> *do que o suco dos favos.*
>
> *Teu servo, por elas instruído,*
> *encontrará recompensa.*
> *Mas quem de toda falta se apercebe?*
> *Perdoa as que eu não vejo.*

Fecha. Abre em outra parte. Torna a fechar. Angústia. Noite eterna. Ninguém a vence, nem os demônios.

Debruço-me à janela. Os mostradores do relógio acesos. O vento uiva nos vãos do hospital. Um grande silêncio envolvente. Os mostradores acesos. O uivar do vento nos vãos do hospital: nênia.

— Você não consegue dormir?

Alda não responde.

O gemido do vento. Os mostradores do relógio. O silêncio envolvente — pesado silêncio dos mortos.

— Você não consegue dormir?

Alda não responde. A consciência carregada. A consciência de Judas. Alma negra do pecado. Alma irmã de Satã.

— Que fiz eu, meu Deus! — grita. E se emborca na cama, mordendo as mãos numa crise de choro.

— Acalme-se. Você não fez nada. Acalme-se. Não chame a atenção dos doentes.

— Você me perdoa, Artur? Eu lhe conto tudo. Tudo.

— Está perdoada. Não precisa me contar nada.

— Não, é necessário que eu lhe conte. Você pode morrer, e como viverei com esse drama na consciência?

— Não precisa me contar. Já lhe disse. Está perdoada.

OTACÍLIO

Às 4 o enfermeiro virá fazer-me o asseio. Às 5, a lavagem. Não adianta dormir, mesmo que pudesse. Na véspera ninguém dorme. Ouço um galo cantar. Encho-me de pressentimentos. Há anos não ouvia um.

    À proporção que a noite avança, o silêncio torna-se mais pesado. A monotonia do canto do galo, em que parte, não se sabe, não se localiza. Canta apenas. Não tarda o enfermeiro a chegar. E a monotonia será quebrada. Ensaboa-me a barriga. Tenho cócegas. A gilete cortará a pele se não tiver cuidado. E acontece como imagino. A porta é aberta sem aviso. Otacílio, o enfermeiro, conduz o aparelho de gilete dentro de uma vasilha, com o pincel, a bisnaga de ungüento e outros acessórios.

    — Vamos fazer a "barba".

    — Preciso sair? — Alda pergunta.

    — Não. A menos que a senhora queira.

    Dispo-me. A espuma fria dá-me arrepios.

    — Tenho cócegas, aviso.

    — Cócegas?

    Chumaços de cabelos rolam na bacia. Estou liso como um coelho pelado. Olho-me no espelho. A saliência dos ossos é impressionante. Apalpo o esterno. Nunca julguei que fosse um osso tão grosso.

Otacílio desaparece com seus utensílios: o aparelho de gilete, a bisnaga de ungüento, o pincel, a bacia cheio de pêlos e as toalhas brancas com manchas encarnadas. Possuo, agora, um tórax infantil, uma barriga de bebê.

— Você podia até usar uma fraldinha — comenta Alda.

Volto a odiá-la. Cada dia nos distanciamos. Cada dia nos tornamos inimigos. Alda é, sobretudo, desprezível.

É evidente que, a cada dia que avança, a cada hora, a cada minuto, torno-me mais suscetível. Não é da doença, que, certamente, se agrava com o tempo — mas do curto prazo de minha vida.

Não fosse Iolanda... Embora eu seja contra o suicídio. Mas Alda poderia tornar-me um suicida ou um assassino. Iolanda surgiu no meu caminho como a estrela do pastor. Iolanda: espelho de boa luz, nítido reflexo, anjo da guarda.

Grito aos ouvidos de Padre Hugo que não quero morrer, não posso morrer.

— Mas não está na sua vontade, filho — retruca friamente. — Há uma voz mais poderosa do que a sua, a minha, a de todos. Há uma força superior regendo o universo.

Meus protestos não conduzem a nada. Dialogar com Padre Hugo é tempo perdido. É como se falasse aos ventos, aos rochedos, à eternidade. Ele não compreende, não quer compreender. Há tempo vive fora do mundo. Desse mundo caótico e absurdo.

É claro que não quero morrer. Se cheguei a desejar, foi num estado de inconsciência. Ainda não estou de todo perdido. Não sou um resto. Iolanda é o sol, o dia nascente, a tarde luminosa; razões me sobram para viver. E pode haver esperanças. Pode haver uma chance. Alda é a mãe de meus filhos. Isso evita que eu a estrangule com as borrachas — as sondas gástricas que as enfermeiras esquecem em cima da cama.

CARTÕES FÚNEBRES

Noite eterna. Ninguém a vence. O relógio da Central aceso. Os mostradores brilhantes. Os ponteiros imóveis. Parece que o tempo parou, ou foi a máquina. Os ponteiros marcam um quarto para as cinco, talvez um minuto a mais, não consigo distinguir bem.

Alda não possui o senso do ridículo. Sua vulgaridade, seu compromisso com a sociedade a levarão a imprimir muitos milheiros de cartões de luto — os cartões fúnebres que tanto detesto, com o retrato oval do morto (o meu retrato) copiado na face, a estrela e a cruz com as datas extremas do percurso de minha existência, o fio negro enquadrando-o, e a redação hipócrita repetida em cartões semelhantes: "Senhor, Vós no-lo emprestastes, para fazer a nossa felicidade, nós Vo-lo restituímos em silêncio, mas com o coração dilacerado de dor."

E, sobretudo, este trecho cretino:

"Morreste, oh querido esposo e pai, mas continuas a viver em nossos corações, imersos ainda na mais profunda tristeza e dilacerados pela grande saudade que deixaste, chorando incessantemente a tua irreparável perda, o teu inesquecível afeto. À tua saudosa memória, o eterno pranto de tua esposa, filhos, parentes e amigos."

Na missa do sétimo dia, criaturas piedosas, insensíveis, de véus negros ocultando a face, passarão aos presentes os cartões fatídicos. E cada um, fingindo imensa piedade, afastando do pensamento as feições do morto, dirá, mexendo os lábios: "Dai-lhe, Senhor, o repouso e a luz eterna. Amém."

DESPENSEIRO

Cinco horas. O dia começa a nascer. Os serventes varrem o lixo no pátio. O carro coletor estaciona próximo à entrada da cozinha. Os homens do lixo colhem latas, caixotes, camburões de restos podres: gazes, algodão, retalhos de tecido humano irreconhecíveis. É preciso ocultá-los dos gatos que rondam o depósito. Há uma infinidade deles. Farejam apêndices, amígdalas, glândulas. Não faltam, neste hospital, nem mesmo os ratos. À noite, enquanto os gatos tomam um cochilo, eles dão carreirinhas nervosas pelo pátio. Ao menor barulho, mergulham nos esgotos. Desaparecem.

Quando as ratoeiras desarmam cortando-lhes um pedaço do rabo ou esfolando-lhes o focinho, guincham sucessivamente. O Despenseiro espia o massacre, ri satisfeito, bocejando por causa do calor, apesar de os exaustores empurrarem o vento em todas as direções.

Há anos habita o subsolo, armando alçapões, aplicando inseticida, removendo caixotes de frutas.

Vai e vem sem outro sentido pelos corredores dos porões do subsolo: o molho de chaves fechado na mão. A vida não tem outro objetivo senão o de armar alçapões, varrer os cadáveres das baratas, remover os caixotes das frutas.

Uma vez por mês, a lavadeira aparece com a roupa passada: as calças amarelas e a jaqueta de lã azul. A jaqueta lhe cai bem nos ombros altos. E as calças engomadas com a parafina brilham de doer nos olhos. É uma pena ter que usar essa roupa nos porões. Guarda para os dias de folga, quando vai ao cinema com a lavadeira. Ainda se conserva solteiro, mesmo aos quarenta. Às vezes pensa que lhe seria bom o casamento, mas o que ganha não dá para sustentar uma casa, uma mulher, uma família.

Goza apenas de quatro dias de folga durante o mês, mas a liberdade é integral e ele a desfruta com disponibilidade. Está preso ao hospital por muitos motivos: os amigos, os ratos, as baratas, as frutas e o posto de despenseiro. É uma figura conhecida e indispensável ao trabalho.

A administração, a fim de evitar a estabilidade do funcionário, pensou anos atrás em exonerá-lo do cargo, porém a folha do serventuário era imaculada, e dificilmente seria encontrado outro tão eficiente.

Portanto, com tantos anos de casa, o Despenseiro é quase dono de seu nariz: pode oferecer uma fruta a um amigo; fumar seu charuto pelas dependências do hospital; soltar um coió, mesmo na presença dos médicos, quando uma servente passa gingando as ancas. Sua existência flui quase tranqüila dentro da rotina, delimitada à área do hospital. Não se interessa por outra modalidade de trabalho, outro sistema de vida. Está imbuído da rotina, do hábito, e não sabe em que diabos vai dar o futuro. A vida não muda: os mesmos camundongos birrentos, as mesmas baratas repulsivas, as mesmas frutas cobertas de mosquitos.

CREPÚSCULO

Logo mais a manhã terá passado. Virá a tarde, após, com o barulho dos pardais se agasalhando na árvore do pátio. O nariz do hospital inclinará sua sombra sobre o eixo jusante. Os navios iluminados são como castelos fantásticos. O barulho das lanchas marítimas e o sussurro dos pardais subirão até a sacada da enfermaria, e se misturarão aos ais, aos gemidos dos doentes numa orquestração quase irreal.

Nunca o verão esteve assim tão forte, comentará uma enfermeira. Isso é o fim do mundo. Deve ser por causa das experiências atômicas, aparteará outra. E a terceira, uma velhota de sessenta anos presumíveis, anuirá: Isso é devido ao pecado. A devassidão é impressionante. Por onde se anda é a mesma coisa, nas praias ou em qualquer lugar.

O calor dos últimos dias é sufocante. O ar seco, o céu sem nuvens, as estrelas despontam por toda a abóbada. Usamos ventiladores de cabeceira, os exaustores são insuficientes. O vapor forma nuvens cinza-amarelas. A fumaça das fábricas não consegue rompê-las. E somos obrigados a respirar essa atmosfera asfixiante.

OS TRÊS PATETAS

São muitos os Cristos crucificados neste hospital. São muitos os que sofrem para purificar pecados alheios. São muitos, como eu, os que gemem, os que se desesperam. Quando isso vai acabar? Ou nunca acabará!

Na véspera, as horas se arrastam preguiçosas. É como se o tempo houvesse parado. Os ponteiros do relógio marcam um quarto para as 8, talvez um minuto a mais. Não obstante, aproxima-se o fim.

Empurram a porta. Alda estremece. Atiro a Bíblia para um canto qualquer do quarto, num movimento brusco. Entram três vultos vestidos de branco: o cirurgião, o assistente e a enfermeira, ao que presumo.

— Está na hora.

Após essas palavras, a enfermeira apanha-me o braço e enfia uma agulha. Alda espia-me numa atitude dramática, como se acabasse de sair de um pesadelo. Sinto-me entorpecer. A língua cresce, diminui; a língua começa a inchar; já não posso movê-la. Não consigo articular uma palavra.

Os três vultos de branco são os Três Patetas. Entram a dançar como títeres. Alda também os imita. De repente os Patetas viram fantasmas — não lhes distingo as cabeças. Os gestos de títeres dançarinos. Voam no vazio, numa só forma indistinta. Agora me conduzem através de corredores compridos que não terminam nunca. Ignoro o destino dessa viagem. Mas os ouvidos captam fragmentos de diálogos sem sentido: ordens, contra-ordens — fragmentos que, não obstante o torpor de que estou possuído, me queimam como brasa: "Será que resistirá?..." "Veremos." "Nessa sala?" "Não. A outra sala." "Não bem essa ainda, mas a da esquerda." "A da esquerda?" "Sim, a da esquerda. É só dar meia-volta, aqui está." "É preciso repetir a dose. Ainda está acordado. A mente muito excitada. Não dormirá facilmente."

Procuro ordenar os pensamentos, empregando a última reserva de energia que ainda me resta: esta é a sala de operação. Não: esta ainda não é a sala de operação, mas a de anestesia — deduzo de meu apagado discernimento.

Ampolas espocam, fragmentos de vidro muito finos saltam de todos os lados. Sinto que me puxam o braço, mas é como se não o puxassem. Sinto que enfiam nele uma agulha, mas é como se não enfiassem. Mas ainda me sobra tempo de descobrir o visor sob o teto — e o rosto de Alda aparece repetido em cubos, quadros simétricos, cada vez menores; as sobrancelhas arqueadas, reduzidas. Os olhos, o rosto, a boca são do tamanho dos de uma boneca de vinte centímetros. De repente uma fumaça cobre o visor.

E tudo desaparece.

A GRAÇA

Já estou na sala de recuperação. Este aqui não sou eu. Não sou eu nesta sala silenciosa. Não sou eu imobilizado nesta cama. Não sou eu neste mundo desconhecido, desarticulado. Eu não fico deitado assim, estirado ao comprido, de papo. Eu não teria paciência de agüentar este silêncio muito calado, esta brancura de nuvens deslizando. Mas é necessário identificar-me em qualquer parte, e não há outro lugar em que possa me identificar senão aqui. Os objetos me ocultam seu contorno. As coisas se distanciam e desaparecem sem sentido. Outras surgem em seus lugares e tomam o mesmo destino.

Este, que se desconhece e procura ser o que é; que procura, enfim, se identificar, é quase ignorante como uma criança recém-nascida, com um pouco de curiosidade, apenas, e uma razão curta, quase senil. Contudo, seu raciocínio parece amadurecer. Possui, agora, uma visão difusa dos objetos que o cercam. Seu discernimento já começa a engatinhar, e é certo que evolui com rapidez. Naturalmente tudo aconteceu como previram. Tudo: menos o milagre. Não sou eu ainda quem o afirma, mas quem o afirmaria senão eu?

As verdades são grandes para constatar, mas os cirurgiões preferem ver antes no acontecimento a intervenção de um espírito diabólico. Padre Hugo também não crê em milagres. Ninguém.

Mas as razões são plausíveis, e os cirurgiões que apalparam a ferida, amputaram o tumor, são testemunhas de que só uma força extraordinária, desconhecida, assim como um milagre, poderia restituir-me à vida.

Os cirurgiões preferem antes esquecer o que viram, o que constataram nos exames radiológicos. Não pretendem, naturalmente, tornar-se visionários e jogar fora todos os seus anos de pacientes estudos. Mas bem que isso lhes roubou o sono noites seguidas. E foi necessário recorrer até mesmo ao álcool a fim de esquecerem o verdadeiro sentido do sobrenatural.

É evidente, portanto, que as coisas agora se esclareçam, que o discernimento encontre, finalmente livre, o campo visual de suas imagens. Algo de extraordinário se passou numa fração de tempo — algo assim muito rápido como a própria Eternidade.

O TEMPO SEM O TEMPO

O tempo teria de parar por um momento, um momento eterno, para que o milagre acontecesse. E o milagre aconteceu. O milagre triunfou contra a heresia dos médicos, de todos. O milagre que já se havia prenunciado na luz interior dos grãos de arroz, nas fissuras rosadas da carne, no colorido da abóbora, nas cores da maçã, no brilho cintilante dos talheres. O milagre era simples demais: era só tocá-lo com os dedos, apalpá-lo como fez São Tomé. Os cirurgiões puderam fazer isso. Eles viram, tocaram, reconheceram, mas foi tão forte a verdade que ficaram atordoados, cegos, e esse deslumbramento, em vez de reanimá-los, causou-lhes grande medo. Preferiram silenciar. Mas o milagre gritou em todas as direções e se fez reconhecer em todas as partes. E pôde ser comprovado uma semana depois. Pôde ser ainda por meses, anos seguidos. Não há mais ferida alguma no duodeno, dores, incômodos; apenas a cicatriz na pele, o sinal nítido que o milagre deixou.

    Isso foi constatado nos exames radiológicos após a intervenção. Os cirurgiões não crêem em milagres; Padre Hugo também não crê. Mas Iolanda crê: o amor pode suscitar milagres.

O DEVER

É preciso desocupar o quarto. Deixar o hospital. Há muitos doentes aguardando a vaga na sala de internação. A maioria vem recomendada de pistolões políticos. O pistolão prevalece, embora outros, em estado mais grave, tenham de ficar curtindo na fila a sua moléstia. Naturalmente que muitos são levados pela morte antes de conseguirem vagas.

O médico amanheceu no hospital. Expediu a alta. Eu não esperava que ele o fizesse tão cedo assim, mas o telefone toca insistentemente da sala de internação, avisando que há um novo doente com a guia na mão. Há um novo doente a esperar com urgência. É preciso deixar o quarto antes que ele suba acompanhado de seus pertences macabros: a maleta de mão e alguns membros da família. Já não há tempo a perder:

— Quintino, eu volto aqui, brevemente; avise à turma.

— Não, é melhor você se despedir agora. Eles não perdoariam.

— Ora, mas eu não suporto deixá-los assim.

— Eu também não posso fazer um papel desses.

— Ah, você não compreende; você não quer.

— Não é que eu não queira, Artur. É que não posso. Compreende? É uma questão de ética. Eles se julgariam menosprezados.

Vejo-me, portanto, forçado a enfrentar a situação.

— Volto brevemente. É só melhorar um pouco.

— Não, não vai voltar; não vai voltar nunca! Não vai.

— Eu volto, sim. Vocês não me conhecem? Vocês vão ver! Estão sendo injustos. Exageram. Há um pouco de inveja nessa história, estou certo disso. Inveja! E não vejo razão para...

— Pois existe uma razão, sim! — falam todos ao mesmo tempo. — Você vai e nós ficamos aqui neste inferno.

— Então era preferível que eu tivesse morrido? Iolanda também pensa assim?

Ninguém me responde.

Alda telefona para o posto pedindo um táxi. Folheio a caderneta de notas onde escrevi o endereço de Iolanda e o telefone do hospital. Meto-a no bolso do paletó. Examino o quarto buscando inutilmente algo que houvesse esquecido. Tudo certo. Tudo no natural.

O enfermeiro apanha as duas maletas. Alda volta-se para o espelho. Estica-se na ponta dos pés, perfila-se, alisa o busto com a mão espalmada. Molha o indicador na ponta da língua e corrige um fio de cabelo na sobrancelha fora de seu nível habitual. Dá uma volta completa no quarto. Desliza a mão no comprido da cama, de uma extremidade à outra, e espia os móveis significativamente. No limiar da porta volta-se mais uma vez e fecha-a vagarosamente, docemente, como se atrás dela houvesse deixado uma lembrança muito íntima.

À minha frente, num bloco difuso, está a turma. Não tenho mais coragem de pronunciar uma só palavra. Não são os mesmos colegas. Não me olham com cara de amigos, mas com uma grande inveja, um grande ódio. Dou-lhes as costas, bruscamente. E, por onde passo, vejo uma máscara rancorosa me espiando, uma máscara cruel. E começo a chorar, a chorar muito alto.

O ENIGMA

O DESPENSEIRO TOMA A CARTA E OBSERVA-A SOB TODOS OS ÂNGULOS, DESDE A LETRA IRREGULAR NO PAPEL MANCHADO DE LÁGRIMAS E AMARFANHADO DE DEDOS NERVOSOS E MOMENTOS IRREFLETIDOS ATÉ OS BORRÕES DE TINTA NEGRA E MANCHAS DISFORMES. SENTE UMA DOR PROFUNDA NA NUCA E PÁRA EM CADA SEQÜÊNCIA, NAQUILO EM QUE ELE JULGA SER UMA SEQÜÊNCIA. NA VERDADE, SÓ ELE, DONO DE SEGREDO TÃO ABSURDO E INCOMPREENSÍVEL COMO O UNIVERSO, PODERÁ DESCOBRIR SEQÜÊNCIA NESSA MISSIVA SINGULAR E CONFUSA. DEPOIS DE DEMORADA REFLEXÃO, PERCEBE MELHOR O SIGNIFICADO DA MENSAGEM, COMO ELA VERDADEIRAMENTE FORA ESCRITA:

"OLHE, EU PEÇO QUE NÃO ME PERGUNTE NADA, E, NO DIA EM QUE ESQUECER, EU LHE DIGO."

AGORA, ISSO FICOU BEM CLARO. O DESPENSEIRO CONTRAI O PULSO E A MÃO SE FECHA SOBRE O ESCRITO. O PAPEL DESAPARECE. ELE OBSERVA OS DEDOS HERMETICAMENTE FECHADOS E RI QUASE FELIZ. NÃO DEMORA A ABRIR A MÃO, PARA NOVAMENTE FECHÁ-LA COM MAIS FORÇA, FAZENDO UMA REVISÃO MINUCIOSA NA JUNÇÃO DOS DEDOS GROSSOS, TRANCADOS COMO FERROLHOS. ELE CONSERVA NO SEMBLANTE UM OLHAR VAGO E SONHADOR, COMO QUEM CONCEBE UMA IDÉIA QUE AOS POUCOS SE MATERIALIZA. METE O ENVELOPE NO BOLSO DA JAQUETA NOVA, VESTIDA DE VÉSPERA; E JÁ SE DISPÕE A LER TODA A MISSIVA, RETOMANDO-A PELO COMEÇO. RETIRA O PAPEL DO BOLSO, DE REPELÃO, NUMA ATITUDE DITADA PELO ÊXITO DE INCONTIDO ENTUSIASMO.

"OLHE, EU PEÇO QUE NÃO ME PERGUNTE NADA, E, NO DIA EM QUE ESQUECER, EU LHE DIGO."

METE MAIS UMA VEZ O PAPEL NO BOLSO DA JAQUETA, PARA EM SEGUIDA RETIRÁ-LO, ATORMENTADO POR DOIS PENSAMENTOS ANTAGÔNICOS: O DA REVELAÇÃO DO CONTEÚDO DA MISSIVA, QUE TANTO

PODE SER O DE UMA SURPRESA AGRADÁVEL COMO O DE UM MISTÉRIO INTRANSPONÍVEL. AGORA, EVIDENTEMENTE, SE DECIDE A LER EM TODAS AS SUAS LINHAS, EMBORA SINTA O TREMOR DOS NERVOS UMEDECENDO A POLPA DOS DEDOS QUE PRENDEM O PAPEL, NOS CANTOS, POR CAUSA DA TINTA, E UMA SENSAÇÃO ADERENTE, DE COLA, SE ESPALHANDO PELAS MAÇÃS DO ROSTO. O SUOR BORBULHA NAS AXILAS, ESCORRE PELOS BRAÇOS E DESCE ATÉ OS PULSOS, ONDE AS MÃOS SE ENCONTRAM REPARTIDAS POR UMA MAÇAROCA DE CABELOS RUIVOS E REBELDES. DE REPENTE SENTE UMA ESTOCADA NA NUCA. E UMA VIOLENTA DOR DE CABEÇA TIRA-LHE OS SENTIDOS.

*Tempo exato verte
de mim como areia.
O amor é um deserto
de que a alma está cheia.*

Francisco Carvalho

*A fé é cheia de caminhos esquisitos
e o amor escolhe os meios mais
esdrúxulos de se mostrar.*

J. Jairo Sampaio

— Você vai morrer.
— Você vai para o cemitério.

A vida é um instante, pensa o Despenseiro, acostumado com a morte, vendo-a de perto, tocando-a com os próprios olhos, do local que escolheu para instalar sua poltrona, ao fim do corredor do hospital, à saída do grande elevador dos mortos que dá para a necrópole. Queira ou não os ver, o rilhar característico das rodas das macas, empurradas com impacto sobre a superfície desigual do calçamento do pátio interno, obriga a espiá-los. Um após outro, seguidos a curtos intervalos, conforme os azares do destino. Há dias, porém, em que os itinerantes fúnebres escasseiam. E é como se algo de errado estivesse acontecendo no hospital. Isso também, queira ou não, o Despenseiro terá que anotar em sua mente. Não obstante, a rotina não o apavora, embora inexplicavelmente jamais tenha se adaptado a ela.

Há anos trabalha no hospital, há anos observa esse itinerário silencioso e infinito, apesar do barulho atritante das rodas de ferro das macas. Estas não são como as outras — as que transportam os doentes para as enfermarias e para as salas cirúrgicas. Como seu trajeto é pelo pátio interno, onde o calçamento abriu fundos desníveis, as rodas de há muito perderam as borrachas amortecedoras, deixando os arcos de ferro expostos a emitirem um barulho mecânico e ensurdecedor.

A morte passa diariamente à sua frente, envolvida em lençóis muito alvos, fechada em seus embrulhos calados, misteriosos e sem o menor sentido. Para os doentes, o cheiro do iodofórmio de que estão impregnados os lençóis é insuportável, mas para o Despenseiro eles apenas exalam um odor ativo, como o do éter, ou o do álcool, por exemplo.

O Despenseiro não sabe, afinal, que sentido faz estar espiando os embrulhos brancos que a morte conduz para a necrópole. Mas, ao mesmo tempo, não pode evitá-los. A morte é como uma criatura que passa, um vulto qualquer, não faz muita diferença. Apenas vai deitada, sem força para se mover com os próprios pés. Outra razão não encontra, em seu curto discernimento, para justificar o acontecimento inevitável. E, em verdade, não há alternativa. Ele terá que aceitá-la assim, há anos a observa diariamente, e jamais encontrou dentro de suas interrogações uma resposta que lhe satisfizesse a curiosidade. Há anos, e, no entanto, a morte ainda constitui motivo de sua atenção. Talvez porque as frases absurdas ainda não lhe saíssem da cabeça:

— Você vai morrer.
— Você vai para o cemitério.

O Despenseiro sabe que a morte lhe é tão familiar como a poltrona cativa instalada há anos numa reentrância da parede, no cotovelo do pavilhão térreo, à direita do depósito. Ele é o responsável por aquele logradouro, onde são guardados os cereais, as frutas, e onde ele fez também sua morada. Ali viveu a maior parte de sua vida, enterrado naquele covil, vendo a morte passar todos os dias à sua frente, envolvida em lençóis muito alvos, impregnados de iodofórmio, presos por tiras de esparadrapo ou grampos enormes de ferro que se aprofundam até a carne do morto. Às vezes, as serventes-arrumadeiras, encarregadas da preparação dos defuntos, vestem-nos com tanta habilidade, aplicando às bainhas dos lençóis alinhavos de pontos perfeitos e grossos, que, se por acaso o morto escapulisse da maca, nenhum dano sofreria, tal a perfeição com que o corpo fora envolvido. Elas parecem orgulhosas de seu ofício. Em verdade, o hábito, a rotina do trabalho transformaram-nas em exímias artífices. E é de se notar o entusiasmo, e até mesmo a ostentação, com que cada uma fala de seu trabalho:

— E olhe que hoje não estou nos meus melhores dias. E era aquela cabeça chata e teimosa de se ajeitar. E vejam só como ficou: compridinha como a de um anjo.

Outra anuiu:

— Este, sim, não era tão fácil de se preparar. Os membros endureceram muito e o ventre ficou nas nuvens. E parece agora um rapazinho.

Elas têm, certamente, razões para esse júbilo. Não é tão fácil, como possa parecer, o ofício das serventes-arrumadeiras, destas que se encarregam do preparo do corpo dos mortos e de suas vestimentas. É preciso evitar o resfriamento total do corpo, para que o morto não se torne uma figura patética e apavorante. Há momentos marcados para tudo: o banho do corpo com essências aromáticas, dependendo do interesse da família; o hábito franciscano ou o terno de gala, segundo o costume de apresentar-se na sociedade. Há que considerar, também, os aspectos do semblante: a testa, os olhos, o nariz, a boca, todas essas particularidades precisam ser vistas e analisadas em seu devido tempo.

De sua poltrona gasta pelo tempo, funda no couro onde repousa o traseiro pesado, roída no espaldar de tanto as costas se mexerem, nervoso, o Despenseiro medita sobre seu passado — hoje um pouco mais triste pelas recordações, pela inutilidade do tempo gasto, consumido no porão do depósito, a remover os caixões de frutas, as sacas de cereais; a fazer a contabilidade do que recebe e do que entrega; a somar, a multiplicar e a dividir — prestando contas, conferindo, dando o resultado, sempre igual, exato, do que lhe é confiado.

Carrega o cheiro doce, enjoativo, das frutas na roupa, na pele, nos sentidos, suportando o guincho irritante dos ratos no porão do depósito — todo esse tempo somado ao cheiro do inseticida que aplica para afugentar os insetos, ao odor do iodofórmio dos lençóis dos mortos, que a todo momento estão passando à sua frente.

Sentado em sua cadeira cativa, o Despenseiro vai dando para si mesmo o saldo de sua vida pregressa. O passado está morto, exaurido, sem suco como o bagaço de uma fruta. A data de hoje é muita significativa para ele. Completa quarenta anos. A primeira metade perdida no tumulto da cidade grande, sem ter o que fazer, ouvindo vozes confusas, murmúrios indistintos; um vulto de mulher, que está sempre a ver, para onde se volte, como se o estivesse seguindo. A segunda metade — resto desta vida que ele agora analisa detalhadamente — foi toda ela entregue ao hospital, a bem dizer, mais a um recanto deste, e a uma obrigação, a uma tarefa que lhe assegura o suficiente apenas para viver uma vida sem um lar, com algumas folgas pelo fim de semana, que aproveita para ir à rinha ou à casa da lavadeira, onde às vezes janta e dorme uma boca de noite com a filha desta. Fora disso, a vida é presa ao hospital, faz parte dele como a cadeira cativa, o rilhar das rodas de ferro das macas, o odor ativo do iodofórmio, do álcool e do éter; o cheiro abusado do açúcar das frutas, o fartum putrecível dos ratos e insetos mortos no porão do depósito.

Entretanto, o Despenseiro julga-se, por um momento, um homem feliz, dono de um segredo, algo que o faz orgulhoso de possuí-lo. Afinal, guarda, no centro da mão fechada, de dedos grossos e perros como ferrolhos, um mistério tão grande e complexo como o mundo, as coisas inexplicáveis, como a morte, com a qual ainda não se acostumou. É este o motivo de seu maior orgulho. As frases absurdas nada revelam; a carta nada diz; o vulto que o segue, por onde se volte, não é um vulto qualquer — todas essas coisas são muito estranhas e formam o sentido oculto do segredo que ele não deve revelar, e que jamais alguém poderá descobrir. Ser dono de um enigma, tê-lo fechado no centro da mão, de dedos grossos e perros como ferrolhos, é como possuir um tesouro, uma lei pela qual são regulados o destino das criaturas e a ordem do mundo.

Sentado em sua cadeira cativa, puxando o fumo do charuto que retirou de uma caixa — uma caixa de formato comprido, média, ainda envolvida em papel brilhante e impermeável, cor de chocolate, com a marca do produto impressa em letras douradas, de traçado regular, como uma cursiva; e de bom cheiro, por sinal, esse fumo, que ele aspira com volúpia, o mais das vezes fechando os olhos para sonhar —, o Despenseiro transporta o pensamento para Joana, a filha da lavadeira, no subúrbio da cidade, na pequena casa de dois cômodos, apenas, e aí enleva-se a ponto de o charuto, preso ao canto da boca, consumindo-se só com o sopro do vento, assar-lhe o lábio superior e sapecar-lhe os cabelos mais longos do bigode, aqueles que lhe caem até o nível da boca. Bem que podia, pensa o Despenseiro, montar uma vida regular — uma vida oposta à que leva agora, à que sempre levou por toda a vida. Durante esses momentos de funda reflexão, as costas não se mexem, inquietas, no espaldar da cadeira; a mão suada, de dedos grossos e perros como ferrolhos, não se fecha sobre o papel da missiva; os olhos não vêem os embrulhos dos mortos; o olfato não percebe o cheiro ativo do iodofórmio, do açúcar das frutas, do inseticida, nem o fartum putrecível que exala dos ratos e insetos mortos no porão do depósito. Quando dá conta de si, a brasa do charuto já tem aberto uma chaga no lábio superior e deixado um claro no bigode castanho e espesso.

Não há razão, evidentemente, por que lamentar esse incidente. A vida é um instante — pensa melhor nisso agora o Despenseiro. Como pôde passar tanto tempo fora dele, sonhando, sem se aperceber de que nem o fogo o consumia? Então viver é isto: não estar nunca na vida. É como ouvir vozes, murmúrios indistintos, frases absurdas a que não atinamos; um vulto que nos acompanha sem saber por quê. Então viver é assim como um sonho — por isso é que a morte não faz diferença de uma criatura que passa, um vulto qualquer, só que vai deitada, como se fosse dormindo, levada pelos outros, sem força para se mover com os próprios pés.

Podia mudar sua norma de vida, volta a pensar o Despenseiro, passando a mão na chaga e no claro do bigode aberto pela brasa do charuto. O hábito faz esquecer de imediato o incidente, e já se dispõe a puxar outro charuto da caixa, pousada no chão, ao pé da poltrona. A mão remexe sem dificuldade o interior da caixa onde os charutos estão arrumados em camadas superpostas. Retira um da camada superior, que já se encontra desprovida de um terço de sua carga, em número de nove para cada camada; parte o elo envolvente — espécie de anel, de fita que sustenta o papelucho de seda cinza, que o envolve, fechando-o nas duas extremidades. Livra-se desse papelucho agora, e corta uma ponta do charuto, remoendo os pedaços do fumo, demoradamente, para depois atirá-los distante, a alguns metros, sem saber exatamente por que assim procedeu. Faz o isqueiro funcionar e cerca, com a chama, a ponta do charuto. Volta a acender mais uma vez, sem haver necessidade para isso. Roda o isqueiro na mão como se o fosse atirar distante, mas logo faz girar a mola da pedra que provoca a chama. Leva-a à ponta do charuto, embora esta conserve sua brasa ardendo. É esse um hábito marcado pela rotina ou pela abstração do pensamento a que está entregue. Em verdade, a lembrança de mudar de vida o fascina, e ele se entrega todo a esse enlevo, que é fruto de uma necessidade há muito experimentada. A filha da lavadeira oferece confiança; é uma moça de bons precedentes e alimenta o propósito futuro de uma vida em comum, que poderia fazer a felicidade de ambos. Se se dispusesse a difamá-la — evoca o Despenseiro —, em nada poderia testemunhar: "Só conheci você depois daquilo. Por favor, compreenda."

E ele compreendera, pelo menos assim julgara. Embora isso levasse muito tempo para lhe entrar na cabeça e o fizesse perder muitas noites de sono.

Acende mais uma vez o charuto, que novamente vai se consumindo só com o sopro do vento. Observa a mão suada, de dedos grossos e perros como ferrolhos, fechada sobre o papel. Corre os olhos pelos vincos da calça amarela, brilhante, passada de véspera. Retira o charuto da boca e aspira com força o cheiro adocicado do fumo. Pisca o olho para a servente-arrumadeira que passa gingando as ancas. Ela corresponde. Ri satisfeito, repondo o charuto no canto da boca:

— A vida é um instante, não vale a pena remover na mente um acontecimento que o passado sepultou distante.

A servente-arrumadeira volta pelo mesmo trajeto há pouco percorrido. Traz as mãos cheias de embrulhos, utensílios de uso de seu ofício: algodão, mercurocromo e outros ingredientes sem rótulo que podem ser de medicamentos ou acessórios supletivos. Faz um gesto com a cabeça, ao defrontar-se com o Despenseiro, como se estivesse a pedir ajuda para os embrulhos que ela intencionalmente procura desarrumar, mexendo com os braços, mas ele apenas diz que os embrulhos estão muito seguros ali e que não vão cair, porque alguma coisa, além dos braços e das mãos, os apóia. Ela ri, maliciosa; e ele puxa o fumo do charuto, satisfeito pelo êxito dessa conquista. Mas essa pequena aventura, em vez de o distrair, o faz pensar com maior desvelo na filha da lavadeira. Ela merece um lar. Não seria capaz de um enxerimento assim. A mãe é uma viúva, mas não faz outra coisa senão cuidar da filha. E esta não lhe traz problemas, pensa o Despenseiro.

E mais uma vez a brasa do charuto se aproxima da chaga aberta no lábio superior e busca alcançar os fios castanhos e chamuscados do bigode.

Podia ser feliz, sim, mudar aquela vida — a vida que levara antes, a que sempre levara, cheia de tormentos e desconforto. A vida em nada mudara. Ele é que sempre procurara se adaptar ao hospital, ao porão do depósito, aos guinchos dos ratos, ao odor do inseticida, ao cheiro adocicado e enjoativo das frutas, de mistura com o iodofórmio dos lençóis dos mortos. Acostumara-se a tudo isso a ponto de suportar o trabalho, mas bem sentia a inutilidade desses momentos gastos e irrecuperáveis no tempo. De que lhe valia o piscar de olho da servente-arrumadeira? Ela o fazia para todos. Em casa se jogava exausta nos braços do amante. Precisava tomar uma decisão, mas sempre se reconhecera impotente para isso. Acomodava-se à situação precária que lhe fora imposta, ou voluntariamente escolhida. Às vezes irritava-se por se ver mergulhado nessa displicência

injustificável a um homem de sua idade. A vida era um instante, não podia negar isso. E as vozes absurdas não lhe saíam jamais da cabeça:
— Você vai morrer.
— Você vai para o cemitério.

Um vulto de mulher o acompanhava silenciosamente para onde se voltasse. Talvez porque vivesse sempre só, sem uma companheira, um destino certo, essas coisas lhe acontecessem. E ainda no centro da mão fechada aquele segredo que não podia revelar. Em verdade, sua mente estava ficando confusa. Tinha dúvida quando se julgava um homem feliz, dono de mistério tão profundo, um enigma indecifrável. Era como um Deus cujo desígnio se desconhece. Ora, mas de repente o segredo já não fazia sentido. Era um homem comum e precisava da companhia de alguém para viver, repartir a solidão de uma vida inteira na companhia da morte; dos doentes que levantavam o clamor de seus ais, à noite, nas enfermarias do hospital; dos ratos e insetos no porão do depósito. Quando morresse, não teria para quem transferir seu pecúlio — o montepio de seus vencimentos públicos. Desapareceram-lhe os pais, os tios e parentes mais próximos; a menos que preparasse em vida seu testamento, deixasse o montepio para a filha da lavadeira, ou para o único amigo que possuía.

Mas esse pensamento o apavorava. Com um gesto apenas da mão, vago, à frente da testa, onde os pensamentos se mantinham oscilantes como os pêlos leves de uma asa muito transparente, o Despenseiro afastou a idéia, atirando para longe a carga de problemas que o afligia.

Mas os pensamentos agora teimavam em fixar-se num ponto definitivo — o do destino de sua vida futura, logo hoje, nesta data fúnebre, a da passagem do Dia de Finados, quando os enfermos tornavam-se mais suscetíveis aos seus sofrimentos, espiando com o olhar vago, dos leitos brancos das enfermarias, os Cristos pendurados às paredes, como se estivessem também, sob o olhar macerado, a sentir a mesma angústia:
— Você vai morrer.

— Você vai para o cemitério.

As frases absurdas gritavam em seus ouvidos, de resto com o murmúrio indistinto de lembranças passadas. E essas coisas, para as quais não encontrava explicação, o exasperavam, e ele inquietava-se, nervoso; as costas mexiam-se no espaldar da cadeira, e o suor escorria frio do peito, descendo-lhe pelos braços, gelando todo o corpo.

Sabia que hoje era um dia perdido; podia aproveitar o feriado e dar um pulo na casa da filha da lavadeira, mas esta só chegaria à noite, pelas 20 horas, porque era devota das almas e passava o dia fazendo suas penitências pelo cemitério, embora não tivesse ninguém da família enterrado ali, mas havia as sepulturas de pessoas conhecidas, e até a de uma amiga muito íntima: "Geórgia era como uma irmã; não tínhamos segredos uma para a outra."

Geórgia morrera num desastre de automóvel havia dois anos. O Despenseiro ainda não se acostumara a isso; não entendia bem quando Joana o advertia: "Hoje não, você não vê que hoje é o Dia das Almas?"

Todas as segundas-feiras ia ao cemitério, à sepultura de Geórgia, fazer as suas orações. Levava-lhe lírios, palmas-holandesas, saudades (lilases e roxas). Assistia à missa na capela do campo-santo e trazia, como lembrança dessa visita, o lenço de sua bolsinha de mão ensopado de lágrimas.

Havia realmente criaturas penitentes entre os visitantes, que se ajoelhavam horas seguidas diante dos túmulos da família; mas outras faziam dessa romaria motivo de passeio. Para estas, o cemitério era como se fosse um parque de diversão. Os fotógrafos diziam gracejos: "Fique mais perto deste anjo, meu bem; incline a cabecinha em sua asa, para fazer-lhe um close." Ou: "Aqui, mais pertinho da morte, minha vida; sorria feliz, faça uma pose para a eternidade."

Eram rapazes simpáticos, bem-vestidos, os profissionais da imprensa, e ofereciam-lhes, com o cartão social que retiravam esportivamente do bolso de suas jaquetas, como se fossem cigarros, rosas vermelhas, trescalantes, que arrancavam das coroas.

Era grande o movimento de pessoas no cemitério. Muitas aproveitavam para passar o dia, rezar, fazer penitência, tecer comentários sobre os mortos, dissertar sobre a eternidade. As mulheres levavam sanduíches em suas bolsas, frutas, comestíveis de toda espécie, e até rádios portáteis. Os pipoqueiros estavam presentes também, com suas carroças instaladas à entrada do cemitério; doceiros e vendedores de brinquedos exibiam, aos olhos gulosos da garotada, seus balões plásticos, dourados. Quem não conhecesse o local, vendo-o a distância, tomaria aquele ajuntamento festivo por um piquenique.

O Despenseiro sabia da inutilidade desse dia para ir à casa da filha da lavadeira, por isso ficava a espiar, sem que o quisesse, a morte passar, a curtos intervalos, sob os embrulhos brancos, hermeticamente fechados, quase em fila indiana, hoje, mais do que nunca, como se a data fosse propícia à fatalidade do destino.

O Despenseiro volta a executar o hábito antigo. A mão remexe a caixa de charutos. Um é retirado, meticulosamente, do estojo, sem que os outros sejam incomodados. A caixa sempre ao pé da cadeira cativa é logo fechada por uma batida característica, um estalo doce na madeira flexível e cheirosa. A ponta do charuto é cortada entre os dentes, que remoem o fumo, e logo o atira salivado, a curta distância, à frente dos sapatos furta-cor que conserva sempre bem engraxados e lustrosos. Observa, com um gesto de desdém, as serventes-arrumadeiras que passam gingando as ancas, num vaivém interminente e nervoso, como se o dia não fosse suficiente para dar cabo de suas tarefas. Apenas, naquela manhã, uma lhe tinha sido objeto de atenção — mas foi uma atração passageira, no piscar de olho leviano e gesto libertino da boca. Não gostava de mulheres fáceis, por isso ainda pensasse em mudar o rumo de sua vida, juntando-se à filha da lavadeira. Uma história, passada há alguns anos, já não o incomodava. Joana vinha dando provas de um comportamento exemplar. Tinha suas devoções pelas almas, mas isso, segundo lhe dissera o amigo, era muito bom para uma mulher. E ele só possuía esse amigo e em mais ninguém confiava. Os outros homens eram como os "amigos" do hospital — pessoas com as quais convivia há tempos e ainda não as conhecia. Sabia que a filha da lavadeira, por coisa alguma deste mundo, jamais desistiria de fazer suas visitas ao cemitério, às segundas-feiras; e a história de "seu passado", podia bani-la da mente na hora que quisesse. Na realidade, não havia história alguma. Um acidente próprio de sua idade, àquele tempo. A culpa não fora dela nem de Geórgia, "para quem não tinha segredos" — duas almas irmãs e sem experiência do mundo. A ele, sim, cabia-lhe toda a culpa. Mas como?, interrogava ela. Você logo não vê que as coisas não se passaram assim? Um dia me dará razão, enxergará tudo claro. Vou pedir muito às almas para conseguir isso. Ou você preferia antes que eu não lhe contasse a verdade?

Mas, em seu curto discernimento, as palavras da filha da lavadeira não faziam muito sentido. Ele não acreditava que o pedido às almas o fizesse mudar de opinião, desistir do juízo que fazia a respeito de seu passado. Se ela pedia socorro às almas, era porque não encontrava razões em si que justificassem o acontecimento — era isso o que de imediato lhe ocorria à cabeça. Jamais pensou que a maldade houvesse se instalado em sua mente, estabelecendo seus domínios, como a ferrugem a um arame podre. Àquele tempo, ainda não havia encontrado o amigo, e ninguém se dispunha a ajudá-lo nesse particular. Os que dele se acercavam aumentavam cada vez mais as suas dúvidas: "Ora, se ela pede forças às almas, é porque não as encontra em si mesma" — era só o que diziam, o que sabiam dizer.

O hábito de jogar as coisas fora da mente com um simples gesto da mão espalmada à frente da testa não lhe ocorria nesses momentos — isso prova que o mal exerce, efetivamente, supremacia sobre o bem.

A cabeça doía-lhe quando se punha a pensar nisso. Tinha dado à mulher muito desgosto — aquela mulher a quem hoje amava a ponto de mudar o rumo de sua vida. Seu passado, contado e recontado centenas de vezes, continuava indevassável para ele, como o segredo que teimava em conservar no centro da mão fechada, de dedos grossos e perros como ferrolhos. No âmago do ser, alguma coisa lhe dizia que o segredo estava ligado ao destino daquela criatura e aos seus desígnios. Teria que livrar-se dele de uma só vez; um dia teria de vencer a angústia que o atormentava ou sucumbir sob seu jugo. Mas até hoje — passados já quantos anos? — ainda não conseguira isso. Toda vez que a reflexão tomava conta de seus pensamentos, o drama da filha da lavadeira voltava-lhe a torturar a mente com toda a crueldade. Necessitava libertar-se completamente, infinitamente. Varrer para os confins do mundo essa dor que roubava a paz de seu espírito e o prazer da vida. Impunha-se uma atitude definitiva: descerrar os dedos, livrar-se dos elos que o acorrentavam; dos nós amarrados sob essa força oculta, como os poderes de um gênio. Os rebutalhos de sombras daquele passado, que, por momentos, ele julgava morto, exaurido, ainda estavam vivos em seus pensamentos, como o sangue do corpo a latejar na cabeça, fervendo-lhe a mente. A mão precisava abrir-se em toda a sua extensão; distender-se, descontrair-se como uma garra, e espalmar-se mais uma vez livre — uma única vez — à frente da testa, afastando da mente o passado da mulher, e nunca mais voltar a fechar-se sob os elos, os nós dos dedos grossos e perros como ferrolhos.

Sentado na cadeira cativa, no cotovelo da reentrância da parede do pátio interno do hospital, o Despenseiro dispõe de tempo para pensar no que bem lhe convier. Em verdade, não há outra coisa em que ocupar seus pensamentos, a não ser no futuro, no destino daquela mulher que é o centro e a razão de sua vida. Ela é mais do que isso para ele — é alguma coisa eterna de que necessitava para restaurar a paz interior. A filha da lavadeira é tudo isso para aquele homem só, com uma porção de idéias absurdas a lhe atormentar o juízo. Sente o quanto seria bom possuí-la por toda a vida — agora mais do que nunca, fechando a casa dos 40, quando o corpo se escora no espírito e esse àquele, pelas mesmas razões, pedindo apoio recíproco. E hoje, por sinal, fez-se no hospital um silêncio incomodativo por causa do Dia de

Finados — uma data morta para ele e sem qualquer sentido. Este dia o enche de tédio, embora não haja, efetivamente, razões para isso, pois nenhuma lembrança triste lhe ocorre a essa data, a não ser a da sua inutilidade — o que está morto está perdido. Que adiantam as orações nos túmulos, a chama oscilante dos círios, as lágrimas derramadas nos ombros, os soluços incontidos, o luto roxo das coroas de flores? Completa inutilidade, e ninguém se apercebe disso! O dia perdido para ele, o deste feriado, em que podia ir à rinha; pois hoje um palpite apareceu-lhe de repente, quando fazia a sesta, e teimava em não lhe sair da cabeça. Faria uma boa aposta, e tinha a certeza de que ganharia. Mas logo hoje, que o palpite, como um jato forte de sangue, jorrava quente em sua cabeça, caíra no Dia de Finados. Por isso é que existia o absurdo; por isso é que não se encontrava solução para nada. A morte, como a vida, não fazia sentido; mas o amor, entre esses dois abismos, aparecia como o anjo da guarda, fulgia alegre, radiante como uma estrela ao nascer da noite. Era por essa coisa misteriosa e inevitável que o homem lutava e procurava dar sentido ao que não tinha sentido. E isso era compreensivel e ao mesmo tempo não era.

O Despenseiro espia o vinco perfeito nas calças amarelas, cintilantes, passadas de véspera. O brilho forte dos sapatos engraxados, lustrosos nos bicos, incomoda a vista. Esboça um gesto aborrecido, sem rumo certo, e mastiga, inconscientemente, o charuto no canto da boca. Por que o acha tão azedo assim? Abre a caixa com violência, e o odor adocicado recende a distância, numa fragrância de rosas. Esse cheiro não é só o da madeira nova, em suas fibras de estrias vermelhas e verticais, mas do fumo de felpas castanhas e macias como as de um pêssego. Não obstante a sólida e perfeita estrutura da embalagem, comprovando a segurança do produto, o Despenseiro teima em descobrir a causa dessa acidez. Em verdade esta não existe, a não ser provocada pela indisposição do dia aziago. Esta data prima pela inutilidade de todas as coisas, e reúne em si mesma as qualidades negativas dos signos nefastos. E não encontra outra saída senão jogar fora o charuto há pouco iniciado. Agora ele observa o charuto ardendo ao pé da grande árvore do pátio, que fica a um recanto, em frente à cadeira cativa, um pouco afastada, apenas, à esquerda de quem vem pelo corredor da entrada principal que desemboca no pátio interno. É um invólucro maciço e compacto como uma granada, e de sua extremidade acesa se evola uma coluna azul-pálida. Essa fumaça lembra retalhos de nuvens, estrias delgadas, coladas contra o céu depois da chuva. Em abril, pela tarde, o céu costuma mostrar-se assim. É uma imagem poética e volúvel a que o fumo traçou agora no ar dissoluto, entornando sua delgada coluna ao sopro de uma brisa passageira que agitou violentamente a folhagem das árvores. E essa imagem aos poucos se esvai e desaparece sem deixar o rastro de seu trajeto.

A vida é um instante, volta a pensar o Despenseiro. Não deixa rastro como a coluna de fumo quando se esvai. Só o amor conserva vivos seus matizes, e a morte dele jamais se apodera. A morte é isto: estar só no mundo e cercado de todos. Os mortos — homens e mulheres — que a todo momento passam à sua frente, silenciosos, envolvidos em lençóis muito alvos e exalando um odor violento de iodofórmio, já não tinham a quem amar, por isso a morte os toma em seus braços macabros e os conduz para um mundo misterioso e desconhecido. E a lógica e o absurdo desta verdade o apavoram. Tenta espalmar a mão à frente da testa para afugentar da mente a idéia doentia, mas os dedos grossos e perros como ferrolhos não acodem ao seu angustiado apelo.

O Despenseiro não goza mais do privilégio do livre-arbítrio, é um homem marcado pela fatalidade, ouvindo vozes desconhecidas, frases absurdas, murmúrios indistintos, um vulto que o segue sem saber por quê, o segredo que a mão já não quer deter em seu centro. Sua mente agora vive sob o jugo de uma força poderosa, como a de um gênio. Já não sabe a que atribuir essa transformação radical — talvez porque a vida seja um instante, e as coisas mudem de repente. Nada pode ser imutável, senão o amor, mas para aqueles que realmente sabem amar sem limitações e outros cuidados. Mas ele não é desses, continua submisso ao passado daquela mulher, e mais do que isso: a uma idéia absurda, a que o amigo chama de ciúme mortal e diabólico. Nem o amigo consegue afastar essa mania de seus pensamentos. É como um mal sem cura que a cada dia aprofunda mais suas raízes. Se pudesse varrê-la para os confins do mundo, já o teria feito, mas aquilo era como uma maldição, para a qual todos os esforços são inúteis. Nem as orações que a mulher fazia para que ele compreendesse que estava errado, que cometia um equívoco toda vez que se defrontava com seu passado, de nada valiam. Nem mesmo as almas poderiam ajudá-la. Só a ele cabia destruir a coisa endemoninhada, envolvente, do contrário, seria subtraído por ela, exaurido, como uma fruta da qual se extraiu todo o sumo. Mas, afinal, o que seria mesmo aquilo que o amigo chamou de "ciúme mortal e diabólico"? Devia ter uma razão de ser, encontraria alguém, algum dia, mais sábio do que o amigo, que lhe desse uma explicação coerente e justa. Mas esperar por esse dia... A vida é um instante e se desfaz de repente como a coluna delgada azul-pálida do charuto, e se esvai sem deixar o rastro de seu trajeto.

O Despenseiro continua sentado. Os braços caídos ao longo do corpo derreado na cadeira cativa — a velha poltrona ruça, curtida pelo tempo, e que traz no couro do espaldar a marca de suas costas inquietas. Aí o couro perdeu sua cor, o brilho latão-fusco, como o dourado-castanho do pôr-do-sol no verão. Antes, esse brilho era resplandecente e macio e dava, por vezes, a impressão de que o Despenseiro apoiava as costas contra um felino.

Nesta posição de total relaxamento — as pernas estiradas em toda a sua extensão, deixando ver o vinco na fazenda amarela, de brilho violento, passada de véspera; os sapatos bem engraxados e lustrosos nos bicos —, o Despenseiro pode melhor refletir sobre o passado da filha da lavadeira sem contrair o cenho. Por momentos, julga-se um monstro, possuidor de um ciúme mortal e diabólico, capaz de destruir o rumo de seu destino. Viver com aquela mulher seria a atitude mais pensada de sua vida. Possuir um lar, filhos, um lugar certo onde descansar a cabeça, até então cheia de idéias execráveis, era muito diferente do que estar a espiar, sem querer, os viajores importunos, envolvidos em lençóis muito alvos e exalando um cheiro violento de iodofórmio, sempre cumprindo o mesmo trajeto silencioso e infinito.

Não obstante essa verdade (e ele bem sabe que a vida é um instante — os mortos, homens e mulheres, como em fila indiana, passam a todo momento à sua frente, seguindo a mesma trilha), teme assumir o compromisso com a filha da lavadeira por causa do passado desta, que ainda vive em sua mente, a latejar como o sangue, fervendo em sua cabeça. Já não adianta mais gastar as idéias com este assunto — o de uma vida futura com a mulher —, embora não encontre razões por que possa justificar essa atitude. O melhor é deixar a vida continuar em seu fluxo, não a interromper, como se fosse eterna. E não procurar jamais deparar-se com a realidade, afastando da mente, com a mão espalmada à frente da testa, a idéia de que a vida é um instante e se desfaz de repente como a coluna delgada azul-pálida do charuto que se esvai sem deixar o rastro de seu trajeto.

O tempo se inclina a mudar e já começa a chover, a ficar triste, apesar do carmim-fogo do amanhecer deste dia, por sinal uma data inútil, essa é a do Dia de Finados. E ainda por azar caiu num domingo, isso significa que também será feriado para tudo o mais. A rinha estará fechada. A filha da lavadeira passará o dia inteiro no cemitério, ajoelhada na cova de Geórgia, a distribuir flores pelos túmulos, a fazer suas orações — o véu de seda envolvendo-lhe a cabeça e uma parte do rosto, como se ela fosse uma viúva.

A chuva continua caindo de leve, vertical, regular como uma tela de pontos miúdos e uniformes, molhando o chão de cimento do pátio e respingando os bicos lustrosos dos sapatos do Despenseiro. Este parece não se incomodar com isso — embora tenha a mania de trazer os sapatos sempre escovados, brilhantes, e esteja sempre disposto a ver esse cuidado com muito orgulho. Estas coisas o envaidecem (as calças passadas e os sapatos brilhantes) e, sobretudo, lhe dão ânimo para aceitar a vida com mais otimismo. Não envelhecemos tão rápido se as coisas que nos cercam são bem conservadas, como se uma coisa dependesse de outra, ou estivessem relacionadas pelo mesmo sentido. Mas pouco importa agora que a chuva borrife o bico dos sapatos, empanando o brilho. Ele está como sob o efeito de um forte narcótico, mergulhado completamente no passado da filha da lavadeira. Hoje, mais do que nunca, essa idéia o persegue como uma obsessão. Deveria andar sofrendo do juízo, ou sua mente, antes forte como a de um animal, tornara-se enferma desde o dia em que tomara conhecimento de seu passado. Em verdade — assegurava-lhe o amigo —, não havia passado algum. Ele inventava as coisas, comprava voluntariamente a angústia alheia. Tomava para si frases soltas no mundo; vozes indistintas como o barulho do mar, o murmúrio da cidade; um vulto que o seguia sem saber por quê; aquela carta sem data e sem remetente guardada de memória. Só ele era culpado do que lhe sucedia.

E mais ninguém.

Todos os dias amanhecem as mesmas manhãs e as mesmas noites anoitecem. Bons-dias iguais, os mesmos repetidos bocejos. Os relógios de parede acompanham o tempo, no balanço regulado dos pêndulos. Estes relógios estão encaixados na cabeça do Despenseiro, e trabalham sob o impulso remoto de sua mente. Relógios de mostradores de algarismos romanos, antigos, com caixas azuis, bordadas de enfeites talhados por mãos de artífices engenhosos. Estes relógios não são como os do hospital, iguais, uniformes, em cada andar, em cada pavimento, apostos no lugar mais visível dos corredores, ou à frente dos elevadores, com seus espelhos brilhantes e ovais. É preciso saber distinguir as horas nestes relógios de ponteiros luminosos, octogonais; não são como os que traz fixos na memória — velhos relógios de um passado distante, altos e compridos em suas caixas quadradas, protegidas por vidros esverdeados, transparentes, e que não se partem a uma rajada mais forte do vento. Seus ponteiros são abertos como asas de andorinha, e o tempo não passa por eles tão rápido como nos outros relógios — os que estão pregados nas paredes do hospital ou acorrentados nos pulsos dos médicos. São relógios sem pressa de medir o tempo, balançando os pêndulos dormentes, indiferentes a tudo, esquecidos até da morte.

O Despenseiro tem a memória carregada de ecos do passado, toda vez que consulta o relógio de pulso, ou quando dá, por acaso, com os olhos nos relógios pregados às paredes do hospital. Hoje o tempo o preocupa muito. É como uma obsessão. Depois que fechou a casa dos 40, pegou a mania de contar as horas, consultando o relógio de pulso a todo instante, a ver o tempo passar como se fosse uma criança crescendo, crescendo a todo momento, crescendo sempre, num abrir e fechar de olhos envelhecendo. Antes dos 40 (ele que sempre marcara o tempo a toda hora, por causa de suas tarefas), não notava a sua passagem. Os dias eram como se não existissem, as datas, as eras. Porém, tudo agora mudara de feição e se agravara muito. As recordações da infância abriram fundas cicatrizes: o avô louco, o pai, os tios, a família inteira: atirara-se ao mundo para ganhar a vida, para fugir do mal de origem, agarrado à mente de todos os seus. Apesar dos esforços que fizera, das consultas médicas, dos tratamentos no hospital, talvez ainda lhe restassem, no centro do cérebro, resíduos da doença medonha, a menos que aquilo fosse uma danação do demônio. O avô dizia que o diabo havia tomado conta da família, entrado no sangue do varão mais antigo, e que haveria de permanecer enquanto houvesse vivo um rebento da raça. Talvez por isso não compreendesse o passado da filha da lavadeira, a sua devoção com as almas, ele que trazia o estigma do demônio no corpo. E talvez, por essa mesma razão, o amigo houvesse lhe confessado que ele era possuidor de um ciúme mortal e diabólico.

De sua cadeira cativa o Despenseiro contempla um ângulo do hospital, o que dá para o pátio interno, onde ficam situados o depósito, a cozinha central, a necrópole, a ala de apartamentos dos médicos residentes no primeiro andar e as salas de emergência onde os médicos dão plantão. O pavimento térreo é muito movimentado. As ambulâncias trabalham sem cessar. Saem e entram com suas sirenas ligadas por causa dos médicos, das enfermeiras e dos familiares dos doentes, que transitam pelo pátio a todo momento.

Em verdade, o dia amanhece, mas é como se não houvesse amanhecido, pois não se percebe a paz da noite no pátio interno do hospital. O silêncio sobe pelos andares, se esconde nos quartos, se deita nas enfermarias. As enfermeiras cochilam como gatos, na cabeceira do leito dos enfermos, daqueles que estão passando muito mal e podem morrer a qualquer momento. E então o silêncio é logo despertado de sua modorra, sacudido com violência por uma fração de tempo, enquanto a família do morto é avisada pelo telefone, e as serventes-arrumadeiras cuidam do preparo do defunto. A maca desliza pelos corredores até o elevador, depois o corpo é baldeado para a maca de rodas de ferro, gastas em suas borrachas, que o conduz até a necrópole. Aí já se encontram os familiares, de braços cruzados por causa do frio, assoando-se nas toalhas que trazem em volta do pescoço, ou abafando os soluços nas mãos abertas sobre o rosto. O morto parece reprovar os gestos exagerados, quase dramáticos, de seus familiares. Se pudesse descruzar os braços, romper as ataduras de esparadrapo que prendem em cruzes, erguer-se do caixão de ferro onde as serventes-arrumadeiras o depositaram, o caixão comum da necrópole, o caixão coletivo; e se pudesse ainda mais desfazer o laço com que lhe amarraram o queixo, soltaria a língua e pediria para acabar de vez com aquele clamor, pois o silêncio é para ele muito importante, embora ninguém jamais compreendesse o porquê desse arrazoado. Mas, efetivamente, não pode. A morte imprimiu o selo da eternidade em sua testa, no mesmo lugar em que um dia o vigário da paróquia lhe traçara uma cruz com o polegar molhado em água benta. O morto, por seu jeito de olhar os familiares, de olhos fechados, pela paz de seu semblante, pela renúncia total que deixa transparecer por todos os seus gestos imóveis, parece lamentar não poder dizer nada disso. A família, vaidosa em suas lamúrias, não compreende a vontade obstinada do morto. E este espera cada vez mais tranqüilo por esse momento. Se a morte fosse apenas um malogro, se pudesse blefá-la, nada poderia fazer ainda para comunicar esse aviso, pois as ataduras que as serventes-arrumadeiras aplicaram-lhe ao corpo eram suficientes para imobilizar o menor de seus movimentos e neutralizar a função de seus desejos. Os grampos de ferro aprofundavam-se nas costelas com as bainhas dos lençóis, e os nós nos pulsos eram fortes e já desapareciam sob a inchação, e só a terra poderia rompê-los. As serventes-arrumadeiras pareciam mais auxiliares da morte do que funcionárias do hospital — isso ainda talvez ocorresse ao morto, no silêncio entrecortado de choro e orações, deitado ao comprido do corpo no total relaxamento dos músculos, que aos poucos tornavam-se rijos, endurecidos como pedra. Porém os familiares já começam a se amofinar com a vagareza da noite. Cruzam os braços por causa do frio, andam de um lado ao outro da pequena necrópole, fazem percursos circulares, na sentinela, em torno do corpo. Já não choram mais, e de vez em quando alguém levanta o lençol que lhe veda o rosto, como se perguntasse se não acha maçante aquela longa espera. Até mesmo os quatro círios, em seus tocheiros, como um capricho estranho e incompreensível, apagam-se todos ao mesmo tempo, deixando o defunto e seus macabros acompanhantes em plena escuridão. É uma coisa inexplicável e até muito esquisita. E isso irrita os familiares e alguns amigos íntimos do morto que se fazem também presentes ao velório. Finalmente, depois que todos estão exaustos, visivelmente aborrecidos, o dia se anuncia, a luz entrando pelos postigos esverdeados das vidraças, sem calor. Agora é preciso soprar muito forte, com todas as forças dos pulmões, para apagar as chamas das quatro velas, que ardem como um incêndio nas extremidades do caixão. E todos os presentes são chamados para executar essa tarefa, respirando o odor macabro e nojento da cera.

O vaivém intermitente no pátio interno do hospital não pára à noite. E isso também faz parte da rotina, como tudo o mais. Sente-se apenas que amanhece pela substituição das turmas, das equipes de trabalho. Tudo é monótono e eterno como o sofrimento, que nem sequer se renova, sempre o mesmo e igual em todos os momentos. As mesmas tristezas, as mesmas naturezas subjugadas a ordens e contra-ordens, a mesma obediência cega ao regulamento, a uma simples papeleta em que o médico prescreveu a administração da dose dos remédios.

O doente é um objeto sem outra utilidade senão a de obedecer às ordens que lhe dão. É este um pobre-diabo, subtraído em todos os seus desejos, até em seus sentimentos mais fundos. A família o entrega ao hospital, apanha o número do leito, dá-lhe uma demonstração hipócrita de amizade, aconselhando-o a seguir, na risca, as ordens que lhe dão, sejam elas quais forem. Repete, centenas de vezes, que é prudente se confessar, se a moléstia se agravar de repente, pois isso é preciso fazer em seu tempo necessário, já que ninguém pode morrer sem a confissão. A família diz essas coisas, ostensivamente, como se já fizesse parte do regulamento do hospital, e a maioria das vezes arranja para o doente uma desculpa amarela, a de que alguém caíra enfermo em casa e é preciso repartir os cuidados.

O conhecimento do estado de saúde do miserável é dado agora apenas pelas conversas telefônicas, e quando a família volta a vê-lo no leito do hospital, às vezes este já não pode expressar seus últimos desejos, porque a morte já tomou o controle de seus sentidos.

O Despenseiro sabe que as coisas se passam exatamente assim, e se põe a meditar sobre o próprio destino. É um homem só e marcado por um vulto que desconhece, por vozes e murmúrios indistintos, por um enigma que ele conserva no centro da mão fechada, sob o nó dos dedos grossos e perros como ferrolhos.

Podia mudar o rumo de sua vida — e mudar o rumo da vida, para o Despenseiro, seria juntar-se à filha da lavadeira. Conhecera-a um tico de gente quando mantivera, com sua mãe, uma amizade muito íntima. Dormiam juntos na mesma cama, porque a menina ainda não entendia de nada. A cama era estreita, e a casa só possuía um vão, uma peça inteiriça, sem banheiro e sem cozinha. A lavadeira levava uma vida solitária, em companhia da filha pequena, para quem devotava todos os cuidados desde que perdera o marido. O Despenseiro prometera casar-se, ajudá-la a terminar a construção da casa, já que a doença do marido levara a pequena economia reservada para isso.

As coisas corriam bem, como ele esperava que corressem, depois teve dificuldades em cumprir parte da promessa por causas muito difíceis de explicar. Em verdade, a situação era por demais delicada, já que a lavadeira jamais lhe dera motivos para que desistisse de seu intento, pois ela vivera grande parte do tempo confiante em sua palavra. A casa fora, realmente, reconstruída. Dispunha agora de dois quartos, dividida que fora ao meio, e, continuando o último quarto, foram levantados uma pequena cozinha e um banheiro. A lavadeira via que o amante cumpria com a palavra, e a cada dia que se passava mais aumentavam as esperanças de um segundo casamento. Mal sabia a viúva que a solução da reforma da casa fora mais imposta pelas condições da menina, que crescia violentamente com o tempo, e não podiam dormir mais juntos, já que esta fazia perguntas as mais embaraçosas. A menina até os 5 anos o chamava de pai; depois, de tio; e aos 14, passou a tratá-lo de "Sr. Despenseiro". As coisas, em vez de se agravarem com esse tratamento, melhoravam sensivelmente para ele, sem que a viúva se apercebesse.

Os tempos iam mudando o aspecto de tudo. A lavadeira foi perdendo o brilho dos olhos lascivos, fora necessário subtrair alguns dentes que a cárie havia destruído, e o corpo entrou numa decadência vertiginosa, ao contrário da filha, que a cada dia mais ressaltava sua beleza tranqüila. Era uma moça, apesar da idade, com a formação religiosa que a mãe lhe dera — a devoção das almas — e com o mesmo jeito obstinado e compreensivo da mãe.

Os tempos foram passando e suas visitas à viúva foram escasseando. Ela logo percebeu que as esperanças de um segundo matrimônio haviam se esvaído nas rugas que se acumulavam no pescoço e no babado dos peitos, caídos inelutavelmente contra o ventre. Dando o saldo sentimental de sua vida anterior, a lavadeira concluía que o que havia de mais caro ainda de seu passado eram as recordações dos dias vividos em companhia do marido. O Despenseiro a visitava, agora, por outros motivos — motivos esses só compreendidos por um estranho e cruel capricho do destino.

Nesse espaço de tempo relativamente curto, muitas coisas surpreendentes se passaram. Nascera, entre o Despenseiro e a moça, uma amizade tão forte e perturbadora que a lavadeira muitas vezes se perguntava que teria feito de tão nocivo na terra que fora preciso Deus lhe dar aquele tipo de expiação. Joana não era mais aquela mocinha cheia de vida, embora preocupada com as almas, assistindo às quermesses e aos filmes na praça do bairro, em companhia de Geórgia, a única amiga que possuía. Aconteceu-lhe um acidente muito triste, para o qual jamais dera, à mãe e ao Despenseiro, uma explicação convincente. Todos os segredos de sua vida estavam enterrados na sepultura de Geórgia. Até então a filha da lavadeira dedicava-se exclusivamente à devoção das almas. Mas o Despenseiro achava que alguma coisa a mais a preocupava, alguma coisa tão grande e confusa como o universo, e que ela escondia no centro do ser um segredo que a atormentava, e que era preciso ser desvendado, para que ele pudesse aceitá-la e restaurar a paz interior de seu espírito.

Observando o nascimento da manhã, os feixes de luz muito branca caindo nas paredes de mármore do hospital, o Despenseiro pensa com mais profundidade nos problemas de sua vida. O tempo passa sem deixar o rastro de seu trajeto, como os ratos e os insetos nos porões do subsolo, e como tudo mais na vida. Reflete que é uma grande tolice acreditar na felicidade — na felicidade que se procura. A morte e o tempo são os melhores conselheiros, e é preciso tirar partido dessa lição. Não pretende passar o resto da vida removendo caixotes de frutas podres, armando alçapões no subsolo do depósito para pegar os ratos, aplicando inseticida por causa das baratas.

Há anos espia os embrulhos brancos passarem à sua frente, em fila indiana, sem o menor sentido, para a necrópole; e a amizade que fez no hospital, durante todo este tempo, não vale pelo único amigo que verdadeiramente possui. E vê, agora, que mesmo a inteligência e o saber nada podem contra a fatalidade do destino de cada ser. Esse pensamento lhe ocorreu com a morte, hoje, do engenheiro construtor do hospital — Dr. Braz. Aquele hospital considerado o melhor da América Latina.

Quando o engenheiro se internou, foi um corre-corre desesperado. Todos os funcionários queriam saber como era o homem que tinha traçado o projeto do hospital. Deveria ser muito diferente dos outros homens, pela grandeza da inteligência que trazia na cabeça, pois o hospital era uma obra de arte.

O engenheiro fizera cálculos de extrema precisão. Todas as divisões eram perfeitas, com lugares certos para tudo. Os alinhamentos dos corredores, a fachada principal, as laterais; o pátio interno e as demais dependências dos fundos do prédio.

Foi um corre-corre quando a notícia se espalhou. Para restaurar a ordem, foi preciso lançar mão da força do regulamento. "O regulamento exige que cada um cumpra suas tarefas. O regulamento proíbe, terminantemente, que qualquer funcionário, a não ser aqueles para quem as ordens forem destinadas, apareça pelas dependências do apartamento do engenheiro." E o redemoinho cessou de imediato. As abelhas mais assanhadas voltaram às colméias, dispersaram-se em sua azáfama rotineira. Mas não se pôde evitar que o zunzum de suas asas ficasse modulando no espaço um nervoso concerto, tudo indicando que elas esperavam, apenas, um pequeno descuido do regulamento, e na primeira oportunidade se dariam ao ataque.

Aos poucos, como era previsto pelo próprio regulamento, isso se deu. A doença de Braz prolongou-se por oito anos, e essa estiagem foi propícia à curiosidade das abelhas. A área que delimitava o apartamento foi liberada, primeiro, para os acadêmicos de medicina, que já executavam trabalhos de pequena monta; depois para as enfermeiras noviças. E assim, com o lento e eterno passar dos anos, até as serventes-arrumadeiras puderam ver a cara do engenheiro construtor do hospital; e estas, como a maioria das enfermeiras, chegaram à conclusão de que não valera a pena tanta espera, pois o engenheiro era um homem comum, como os homens comuns, baixinho e raquítico, só que tinha as mãos muito compridas e finas, e os olhos, castanho-claros, vivos e diligentes como os de um camundongo. Mas o Despenseiro colheu uma impressão muito diferente da dos demais colegas. Não se sabia qual a opinião dos médicos sobre a figura daquele homem inteligente, ou mesmo se se interessavam por essa particularidade, talvez a eles só interessasse a cura do doente. A inteligência do engenheiro nada tinha a ver com seu aspecto pessoal... E foi exatamente isso que ocorreu à mente do Despenseiro, porém um detalhe curioso, no semblante daquele homem, lhe prendeu logo a atenção — o de que a vivacidade dos olhos castanho-claros era a de quem vigiava a morte por todos os cantos do apartamento. Tentou em vão expulsar o pensamento macabro do fundo do cérebro, com a mão espalmada à frente da testa. Era essa a segunda vez que a mão não obedecia ao seu apelo. E essa desobediência o deixou intrigado, como se já não gozasse o privilégio do livre-arbítrio.

Padre Hugo sai da necrópole, atravessa o pátio rapidamente, levantando os óculos bifocais da ponta do nariz, pondo a mão à altura das sobrancelhas, por causa do brilho violento da luz do sol, espiando para cima e para baixo, muito nervoso. São movimentos automáticos, imperceptíveis para ele, que os repete diariamente, quando atravessa o pátio interno; o vento entalando a batina entre as pernas trôpegas, transformando-o numa figura patética e bizarra a um só tempo.

Abandonou a missa pelo meio, a missa das 8, que é celebrada unicamente para os doentes internos, para aqueles que ainda têm permissão de se ausentar do leito. São poucos os que gozam desse privilégio ditado pelo regulamento. Constitui-se, em verdade, numa pequena parcela da maioria dos que estão condenados a padecer no fundo do leito até a hora final. Os fiéis sabem o porquê daquele abandono, logo à hora mais solene da missa, quando erguia entre as mãos trêmulas o corpo de Cristo na hóstia consagrada. Eles sabem que essa retirada nada impede que as bênçãos divinas caiam-lhes sobre as cabeças marcadas pela morte, mais cedo ou mais tarde, naquele hospital. Um daqueles interrompimentos repentinos pode ser derivado um dia para dar a extrema-unção de alguém que agora se encontra ali ajoelhado, ou escorado, de pé, nos bancos da igreja. E por essa razão esperam pacientes, fazendo suas orações, enquanto o Padre regressa, depois de encomendar a Deus a alma do agonizante. O Padre também não pode demorar muito, não só por ter de terminar a missa, cortada pela metade, mas porque os doentes não resistem a ficar fora do leito por muito tempo. E outras razões ainda podem ser lembradas. Há vinte anos é o capelão do hospital, e ainda não se acostumara com o aspecto macabro da morte estampado no rosto do moribundo. E quando regressa, os fiéis o interrogam com um olhar de comiseração. E o Padre responde ao apelo com esta sentença triste: "Pedi a Deus misericórdia para vossos curtos dias, cheios de pecados."

E logo os soluços e as lágrimas são abafados nas mangas das pijamas, com a sigla do hospital impressa na gola.

Às vezes o Despenseiro mergulha a cabeça entre as mãos, em funda cisma, até alta madrugada, pensando em seu futuro com a filha da lavadeira. Neste momento esquece a caixa de charuto ao pé da cadeira cativa. Mas logo a abstração desaparece e os pensamentos se voltam para a realidade da vida — da vida que o tempo levou, um tempo gasto a troco de nada. Talvez a Braz nunca ocorrera pensar assim, no entanto, em breve será um defunto — um defunto como os demais — embrulhado em lençóis muito alvos, e exalando um odor violento de iodofórmio. Será empurrado para a necrópole, com impacto, por causa do desnível do calçamento, como os demais, com a diferença de que o corpo será colocado numa maca de rodas macias, de borracha, das que se usam para os enfermos que ocupam os apartamentos. Mas não haverá outra diferença. Os mesmos grampos de ferro terão que se aprofundar no corpo, que é para os lençóis ficarem presos em suas bainhas e darem o jeito exato do morto, dissimulando os estragos que a morte deixou. E a hora já não se faz esperar. Dr. Braz quase esgota a paciência da morte. Esperou oito anos seguidos para que ele resolvesse morrer, entregar-lhe aquela cabeça pequena, teimosa e obstinada.

No começo da doença, Braz brincava com ela: "Hei de blefá-la." Fazia cálculos, no estreito espaço do apartamento, por onde ela entraria — cálculos de extrema precisão, como os que fizera para a construção daquelas mesmas paredes que agora o asfixiavam, no jogo diabólico do destino. A morte entraria por onde não entrara, e sairia por onde não saíra. Era o recurso mágico das equações, de cálculos infinitesimais, que ela jamais saberia, por todos os tempos, passados e futuros, o engenho desse mistério diabólico. Se cansaria de tanto procurá-lo, em vão, que acabaria por apanhar o enfermo do apartamento vizinho, e assim sucessivamente, matando a todos, sem acertar-lhe a cabeça. E, dessa maneira, Braz não descansou mais na realização do projeto de blefar a morte. Já pouco ligava para os remédios, pois dentro de si alguma coisa dizia que seu mal não tinha cura.

Armado de um esquadro, de réguas milimetradas, um bloco de papel quadriculado e uma caixa de lápis de todas as cores, o engenheiro fez um levantamento completo dos objetos do apartamento em que se encontrava, depois traçou linhas paralelas e horizontais, linhas verticais e sinuosas, e trouxe o papel para perto dos olhos e, com a régua milimetrada, se pôs a fazer pontos que figuravam os objetos, e a ligar esses mesmos pontos a outros pontos, que se multiplicavam na superfície do papel garatujado, numa proliferação incontida. Os olhos castanho-claros cada vez ficavam mais vivos e diligentes, como os de um camundongo preso a um alçapão, e o lápis sempre traçando pontos e mais pontos, numa barafunda de linhas que se emaranhavam como uma adivinhação sem pé nem cabeça, uma história sem começo e sem fim. Houve alguém que um dia o surpreendeu nesse jogo diabólico, ao penetrar de leve na intimidade de seu apartamento, e recuou apavorado, por julgar que Braz tivesse perdido o juízo, dado o riso cínico que conservava nas faces, como se o diabo tivesse se apoderado de seu espírito. Mas qual, Braz ria presunçoso, seguro da eficácia de seu projeto contra a morte. Não havia nada na vida que o homem não pudesse fazer. Se se dispusera a executar o projeto diabólico, era porque não havia cura para seu mal, e o único remédio era deixar a morte embaraçada, perdida no labirinto de suas próprias dúvidas. O avô contara-lhe certa vez, quando ele ainda era uma criança, que um homem fez tudo para fugir da morte. Esta lhe dissera que ia apanhá-lo no último dia da semana. E o homem começou a inventar um plano para enganá-la. Trocou de leito, deixando em seu lugar um dorminhoco. A morte lembrou-se de que tinha esquecido a foice com que cortava o fluxo da vida, e correu para apanhá-la. Ao voltar, tropeçou na primeira cama que encontrou e acabou por cortar a cabeça do vizinho, que era exatamente a do homem marcado para morrer. E Braz jurara que um dia haveria de blefar a morte. Estudaria muito, tornar-se-ia um sábio e vingaria a morte do pobre homem. Agora a hora era chegada. A morte não teria mais chance de enganar ninguém, ela mesma seria lograda. Cercaria todas as saídas. Suas armadilhas, suas astúcias e velhacarias seriam destruídas, nem que ele não dormisse mais um minuto, nem de dia nem de noite. Todo o tempo que lhe restasse seria dedicado à execução do projeto, ao logro da morte, embora sofresse um ataque de exaustão, só queria ver quem lhe vencia a teimosia. Quando se dispusera a traçar sozinho o projeto daquele hospital, todos o chamaram de louco, até os membros da Sociedade de Engenheiros pensaram assim. A mulher e a filha também corroboravam essa opinião. Os amigos e muitos de seus familiares não se cansavam de repetir isso. Agora iam ver melhor quem ele era. Essa proeza deixaria o mundo boquiaberto. Não desejava a glória, uma estátua para legar sua fama à posteridade, bastava o testemunho da história àquela história fabulosa, e se daria por pago por tudo quanto fizera em prol da humanidade. Isso haveria de ficar bem claro. Mostraria à mulher e à filha, à Sociedade de Engenheiros, aos amigos e ao mundo inteiro como tudo é possível ao homem, se este, em verdade, se dispõe a fazer. E então outras idéias mais fortes e mais audaciosas tomavam o lugar da primeira. O levantamento dos objetos do apartamento serviu apenas de exercício, de estimativa a um plano gigante, global, que implicaria um arrolamento geral de todas as dependências do hospital, com seus acessórios domésticos, sua frota de aparelhos pesados, e tudo o mais que fosse encontrado sob sua guarda. E logo a obsessão de cercar a morte por todos os lados, e apedrejá-la, como a um rato, num corredor estreito, cresceu assustadoramente. Agora os olhos castanho-claros do engenheiro, vivos e diligentes, ganharam, verdadeiramente, um aspecto endemoninhado. Já não percorriam os cantos do apartamento, como antes, à procura da morte, mas chispavam raios de fogo sobre a superfície do papel quadriculado.

O engenheiro arrancara de sua pasta de mão, que jamais abandonava, um grosso livro quadrado, cartonado, de capa azul, onde se viam gravadas em letras garrafais as palavras *Cálculos e Equações*. Fez do mesmo uma mesa para trabalhar, já que estava privado de usar a escrivaninha, a um canto da sala do apartamento. Colocou-o sobre as pernas magras, estiradas ao comprido, e aí montou o papel, encontrando apoio para trabalhar no misterioso projeto. Ergueu-se o mais que pôde na cabeceira da cama, de sorte que pudesse melhor assim descortinar a paisagem de arabescos da folha de papel. Não devia ser-lhe uma posição muito cômoda, esta, pois não conseguira mais, com o recurso do livro de *Cálculos e Equações*, que a improvisação de uma prancheta, que ele tentava, a custo de grandes sacrifícios, equilibrar na saliência impressionante dos ossos finos e opacos. Quem o visse mergulhado nessa tarefa o tomaria antes por um desenhista louco, a traçar o croqui dos miolos da própria cabeça, tal o labirinto de pontos e linhas que agora se interligavam por todos os lados e em todas as direções. As variedades de cores, vivas e fixas, sobre a superfície do papel, lembravam uma inscrição pictográfica em miniatura. Braz evitava que o surpreendessem nesse trabalho diabólico e engenhoso. Seus ouvidos, melhor que os olhos, vigiavam o andar imperceptível das enfermeiras, com seus sapatos de lona.

Mesmo com os pensamentos absorvidos na execução do projeto, para o qual deveria ter a máxima atenção, os ouvidos captavam o menor cicio, e logo a prancha improvisada deslizava com seus utensílios — a caixa de lápis, as borrachas, os aparadores, os esquadros e a régua milimetrada — para debaixo do travesseiro, ou do próprio corpo, conforme a situação. As doses dos medicamentos eram ministradas e o engenheiro voltava à tarefa do projeto absurdo. Em verdade, poucas vezes tivera o vexame de esconder o material do projeto sob o travesseiro, isso só lhe acontecia quando perdia a noção do tempo, pois a primeira atitude que tomou foi a de marcar o horário da administração dos remédios. Curioso é que o engenheiro não usava outras folhas do bloco para a execução de seu projeto. Teria que caber tudo naquela única folha. Era por um estranho capricho que procedia assim, como se a morte, por tantas linhas e pontos conjugados, jamais conseguisse, sequer, fazer o menor juízo em que engodo se metera. E não era outro o pensamento de Braz. Acabaria com as velhacarias daquela megera astuciosa. A foice, quando lhe escapulisse das mãos, haveria de se embaraçar por todos aqueles cordões de pontos e linhas e acabaria por lhe aparar o próprio cangote. Ah, isso haveria de ser engraçado, por sinal muito engraçado, a morte carregando sua própria cabeça na mão. E ele espiaria do canto do quarto, e diria, com grande ironia: hem, companheira, até que enfim você meteu o rabo debaixo do quixó; até que enfim você encontrou alguém que lhe desse uma boa lição. E aí ele, então, traçaria o desenho de seu caixão mortuário, com as medidas exatas de seu corpo, e pediria à mulher para mandar executá-lo por um marceneiro hábil, a fim de que o mesmo não fosse prejudicado em seu traço original. Faria um desenho de fácil execução, de formas simples, mas de linhas corretas. E diria à mulher e à filha, como quem dá uma ordem severa, para entregarem o projeto primitivo — o da execução do logro da morte — ao presidente da Sociedade de Engenheiros, para que todos soubessem, e por todos os tempos, que ao homem é permitido fazer tudo, se em verdade se dispõe a fazer. Assim como tinha apresentado sozinho o projeto do hospital, sem que ninguém acreditasse, e o chamassem até de louco, agora, depois da morte — a morte a que ele próprio se impusera — haveriam de ver que sua confiança na inteligência humana era sem limites.

A morte parece descansar um pouco — lembra o Despenseiro — nesta noite muito silente; as estrelas brancas, cintilando, incrustadas no céu. A árvore sombria, ao recanto do pátio, desenha seus galhos no chão de cimento, e uma brisa leve passa por suas folhas suspirando uma canção. A voz do vento na folhagem o enche de recordações nesse momento quase irreal, de calma e profundidade, jamais visto no hospital. Um par de vultos desponta no pátio, as mãos nas costas, bocejando por causa do frio da noite alta — vultos de fantasmas deslizando acima do chão, leves, com seus vôos rasantes. Estes lhe são familiares, conhecem bem suas cismas, e não perturbam a paz de seus momentos de reflexão.

Passam os fantasmas, em pares, muito próximos, às vezes com o braço sobre o ombro uns dos outros, demonstrando a intimidade da amizade. Desaparecem num murmúrio quase inaudível, ou se escoram nas colunas, deixando ver apenas o contorno de suas imagens. Outros fantasmas chegam, voam e volteiam em torno dos primeiros pares; e de súbito uma multidão de fantasmas enche o pátio, mas suas vozes são como o murmúrio da brisa na folhagem da árvore. Um fantasma, vestido de preto, pode quebrar, de repente, a paz reinante. As pernas tortas e trôpegas espantarão a farândola dos fantasmas brancos, que logo voarão pelas escadas ou tomarão o elevador mais próximo e alcançarão as enfermarias.

O sossego desta noite é impressionante, quase eterno, e ninguém sabe explicar, exatamente, o porquê disso. As ambulâncias estão paradas, os motoristas cochilando com a cabeça apoiada à direção. O encarregado da limpeza, que alta noite já se dá ao trabalho de jogar os camburões de lixo no carro coletor, também adormeceu, estirado de bruços, no último banco de cimento, ao pé da parede do pavilhão onde fica situada a necrópole. Nada na noite de hoje parece perturbar a paz dos espíritos. Os próprios enfermos calaram no fundo do peito seus ais. E só o Despenseiro, sentado em sua cadeira cativa, testemunha a paz e a harmonia do universo.

Por entre a folhagem uniforme da árvore do pátio, o carmim-fogo da manhã resplandece. As folhas ovais, regulares, do tamanho de um espelho pequeno de bolso, parecem moedas de ouro, lembrando histórias encantadas de um reino fabuloso. Ninguém percebe essa beleza que a natureza oferece pelo romper do dia. Mas o Despenseiro, que passou a noite em claro, olhando o céu, contando as estrelas do firmamento como uma criança, não desprega os olhos da folhagem da árvore. Em outra coisa não ocupou os pensamentos durante a noite, a não ser na contemplação dos astros, na fulguração branca e cintilante que inundava o céu. Nem sequer percebeu quando o vigia noturno lhe pediu um charuto, resmungando por causa do frio. O vôo rasante dos fantasmas não lhe tirou também a atenção do firmamento. Por um momento apenas, um momento fugaz, pensou em arrumar seu futuro com a filha da lavadeira, quando sentiu o cheiro do café vindo da cozinha, observando um par de fantasmas passar, um apoiado ao ombro do outro. Além disso, a noite inteira ficara entregue à contemplação das estrelas espalhadas no firmamento, no silêncio reinante, e na canção que a brisa entoava na folhagem da árvore. Agora, efetivamente, aquele enlevo fora quebrado. O carro coletor do lixo entrou a fazer manobras no pátio; as turmas noturnas foram substituídas por outros funcionários que entravam pela manhã; o primeiro embrulho branco desceu da enfermaria, com o nascer do sol, as rodas de ferro da maca rangendo sobre os desníveis do calçamento. Vinha do sétimo andar da enfermaria das mulheres. Não tinha, àquela hora, ninguém da família esperando o cadáver, de sorte que a maca não interrompeu seu trajeto, a não ser no momento em que uma de suas rodas se desprendeu do eixo, saiu correndo equilibrada pelo pátio e foi chocar-se contra a poltrona do Despenseiro, como se atirada de propósito.

Passados cinco minutos do nascer do dia, já não havia mais quem se entendesse no hospital. As serventes-arrumadeiras passavam com seus fardos de lençóis brancos, exalando um odor violento de iodofórmio; umas se encarregavam dos guarda-pós dos médicos e das enfermeiras; outras, dos roupões e dos pijamas dos doentes. Guardanapos eram endereçados para as salas das dependências da cozinha geral, situada no andar térreo, e para as cozinhas dos outros andares. O movimento começava na lavanderia, e logo se estendia ao depósito e aos demais departamentos. As frutas eram retiradas de seus caixotes: figos, maçãs, pêras, uvas, bananas, abacates e toda espécie de verdura ia sendo também entregue ao chefe da cozinha central, e este ia conferindo as papeletas que o Despenseiro lhe entregava. O material era distribuído com as cozinheiras, que preparavam as bandejas dos doentes, seguindo a orientação das dietistas. Quando o Despenseiro abandonava o porão do depósito, o suor tinha-lhe subtraído alguns quilos de banha; os olhos estavam encovados e os cabelos cobertos de mosquitos. As mãos porejavam o açúcar das frutas, e as orelhas ficavam vermelhas de tanto açoitá-las por causa dos mosquitos.

As primeiras horas da manhã eram as de maior aperreio, o chefe da cozinha pedia tudo ao mesmo tempo, e, quando a mercadoria era entregue pelo fim da tarde do dia anterior, o Despenseiro não tinha tempo de pôr as coisas em seus devidos lugares. Duas vezes por dia executava essa tarefa: às 6 da manhã e às 2 da tarde, após o que ficava a refletir sobre o que bem lhe conviesse, como sobre seu futuro com a filha da lavadeira, por exemplo. Por vezes voltava-lhe o pensamento a fixar-se nas ancas da servente-arrumadeira — a novata — para quem certo dia soltara um coió — a mesma que lhe pedira ajuda para as frutas que ela própria fingia entornar no chão, e a quem dissera que estavam muito bem seguras ali, apoiadas nos peitos. O Despenseiro, agora, reprime a custo o desejo de possuí-la. A servente-arrumadeira aprendeu a jogar as ancas num jogo sensual e diabólico. As nádegas salientes, polpudas, sobem e descem no tirar leviano das pernas e o sorriso sacode-se com os cabelos pretos e os peitos, num embalo ordenado e desconcertante. Ela traz nos olhos inchados e nas maçãs salientes do rosto o aspecto de uma nativa acreana. É possível que conduza no sangue a herança de uma tribo daquela região. Isso é quase certo. Mas o Despenseiro não procura essa possibilidade, acostumou-se a não esquadrinhar a vida alheia, e essa particularidade é logo varrida da cabeça. A afeição por essa mulher se prende mais a uma atração sexual, amargurado que vive com as coisas que ele próprio arrumou no centro do juízo: a carta absurda que guarda de memória, sem remetente; as vozes indistintas como os murmúrios da cidade e o barulho do mar; um vulto de mulher que o acompanha, sem saber por quê.

A servente-arrumadeira volta pelo mesmo trajeto percorrido, conduzindo dois litros de plasma em ambas as mãos. Roça-lhe a ponta da saia; os olhos caem-lhe luxuriantes dentro dos seus, e a língua morde a sua ponta vermelha e úmida entre os lábios carnudos.

O Despenseiro sente o ardor de um calo queimando-lhe as virilhas. Tenta ajeitar-se na cadeira, acomodar-se numa posição melhor, mas não consegue. Está sob uma tensão muito forte, e procura disfarçar essa carga violenta em curtos passeios pelo quadrado do pátio. Mas não consegue aliviar essa dor. As mãos são enfiadas, de sopetão, nos bolsos das calças, e mal consegue curvar-se para apanhar um charuto na caixa ao pé da poltrona, de onde acabara de levantar. Apara a ponta do charuto com raiva, cospe-a para longe; apara mais um pedaço, sem que haja necessidade para isso; atira-o mais uma vez com furor e, sem se aperceber, roda a pedra do isqueiro e, ao levantar da chama, joga-o contra o cimento, para o mesmo lugar onde atirou os pedaços do charuto. Em nada adiantaria um encontro com aquela mulher (pensa melhor o Despenseiro, vendo o isqueiro espatifado no chão de cimento, sem se aperceber bem do porquê desse desatino), a não ser para aliviar a tensão de que está possuído. Em verdade, não ama a ninguém, a não ser a filha da lavadeira. E depois do ato, o tédio e o nojo tomariam conta de seu ser. E então teria cometido o pior dos desatinos.

Não fazia mal que a servente-arrumadeira exibisse os peitos e as nádegas, num jogo sensual e flexível, embora isso o deixasse tenso como um fio condutor de alta voltagem. Não cortaria mais, sucessivamente, dois pedaços do charuto, nem atiraria o isqueiro contra o chão de cimento. Saberia conter o impulso violento dos nervos. Bastaria pensar na vulgaridade de seu gesto. E as coisas voltariam à normalidade. Pois há quantos anos não convivera no hospital sem que mulher alguma lhe fosse motivo de maior atenção? Tivera aquela amizade com a viúva, uma amizade que fora aos poucos se acabando sem que ele se desse conta disso. Joana era como uma filha, cresceu sob seus cuidados; trazia-lhe brinquedos e levava-a, em companhia da lavadeira, para as quermesses na praça do bairro. Enchia-lhe as mãos de balões dourados, e até mesmo um dia, quando Joana completou os sete anos, comprou-lhe uma boneca de seu tamanho. Algum tempo depois deu-se o rompimento de suas relações com a lavadeira, e viu-se obrigado a sumir por alguns anos; quando voltou a visitá-la, não conheceu Joana. Era uma mulher marcada por um destino muito forte. Apesar da pouca idade, a vida causara-lhe um dano irreparável, para o qual jamais encontrou uma explicação convincente. E da decepção e da dor desse acontecimento nasceu, entre ambos, uma amizade tão estranha quanto profunda. Agora os sentimentos paternos invertiam os papéis. O Despenseiro não tinha os mesmos cuidados de protegê-la das coisas más do mundo, pelo contrário, parecia empurrá-la para elas, desejando-lhe o corpo com volúpia incontida. Estava cego, e já não se lembrava do tico de gente que arrastava pela mão na praça do bairro, enchendo-lhe os braços de brinquedos. Tinha diante de si, agora, uma mulher completa em sua robustez, em sua sólida estrutura bem montada, dividida em partes iguais, em ângulos tão perfeitos que ele observava, obstinadamente, como se não fossem reais. A boca, os olhos, o sorriso leve e cativante, toda uma primavera de ternura levantava-se daquele corpo adolescente, tocado pelo estigma do destino, e aparecia-lhe aos olhos como um feitiço da natureza, um veneno letal que o atraía para a morte. Era como se ela conduzisse a fatalidade no sangue. Pelos caminhos de seu estranho encanto, pelas auroras de seu sorriso, o homem entraria no inferno, abraçaria os piores vícios do mundo, abençoando os males e amaldiçoando a virtude de todos os bens terrestres e celestiais. Joana parecia reunir no corpo duas forças antagônicas: a pureza e o pecado. E essa natureza de anjo, que era própria de seu mundo interior, disfarçava, sem que ela mesma soubesse, o fogo diabólico que se levantava em labaredas ardentes de sua carne. E nesse calvário, que o Despenseiro viu crescer ante seus olhos, haveria de um dia crucificar, por toda a eternidade, não só o corpo, mas a própria alma.

A amizade crescia entre ambos, com a fé religiosa que Joana devotava às almas, em suas penitências às segundas-feiras pelo cemitério, ajoelhada horas seguidas na sepultura de Geórgia, a amiga para quem não tinha segredos — a única a quem confiara a história verdadeira do dano que o destino lhe causara. Só Geórgia sabia desse segredo, em todos os seus detalhes. E Geórgia estava morta, enterrada numa cova rasa, ao lado do nascente. Era a sepultura mais silenciosa, e a mais linda também, daquele local cheio de cruzes pretas e túmulos alvos como os torreões das nuvens de verão. Estava sempre coberta de madressilva e flores silvestres, que Joana plantara desde a primeira vez em que fora visitá-la. As moitas de roseiras cobriam a cova, e todas as segundas-feiras Joana dava-se ao trabalho de regá-las com o cantil de litro e meio de água que comprara com esse fim. Conduzia-o a tiracolo, como sua bolsa de passeio, e, de volta do campo-santo, trazia-o balançando, batendo na cabeça dos joelhos, cantando ladainhas.

Geórgia levara para o túmulo o segredo de Joana; o Despenseiro, nem ninguém, jamais saberia a história do acidente da filha da lavadeira. Em verdade, não fosse aquela carta guardada de memória; as vozes indistintas como o barulho do mar e os murmúrios da cidade; as frases absurdas que não lhe saíam da cabeça; um vulto de mulher que o seguia sem saber por quê; e o acidente com a filha da lavadeira talvez não passasse de um segredo banal. Mas havia essas coisas mexendo no juízo, atormentando a alma. Todos os esforços para destruí-las, varrê-las da mente para longe, para os confins do mundo, foram inúteis. Fizera tudo o que lhe restava ao alcance. Procurara os recursos médicos; consultara-se com as melhores cabeças do hospital, sem qualquer êxito; até que, por fim, tivera que recorrer a um pai-de-santo, um rezador, acostumado a expulsar da mente o espírito maligno. Mas de nada lhe valera. O amigo dissera que ele próprio inventava as coisas. Comprava a angústia alheia, metendo na cabeça uma carta sem data e sem remetente, guardada de memória; ouvindo vozes e murmúrios indistintos; frases absurdas a que não atinava, e até um vulto de mulher que lhe seguia para onde se voltasse. Tudo isso não fazia sentido algum, a menos que ele tivesse recebido, no sangue, todas as taras de seus ancestrais e que haveriam de permanecer, segundo dizia o avô, desde o primeiro varão da família até o último rebento da raça.

O calor é asfixiante nesta tarde em que os bueiros das fábricas do bairro entornam no ar sua coluna negra de fumo contra o campo azul do céu, sem mácula. O hospital está situado próximo ao cais do porto, nessa área fabril, muito árida, castigada pelos reflexos do sol que descem verticais sobre a cobertura de zinco dos armazéns, e que se estendem por quase dois quilômetros na beira-mar. Por que escolheram local tão insípido, não se sabe; talvez por ficar próximo ao centro da cidade, ou por falta de local mais apropriado. Sejam quais forem as razões, o colosso arquitetônico que o engenheiro levantou, apesar de sua beleza e de seu todo funcional, não consegue evitar a alacridade da tarde, nem mesmo baixando os postigos de suas janelas, a menos que, em cada quarto, fosse instalado um aparelho de ar-refrigerado. Mas nem isso seria possível. Há doentes alérgicos ao vento artificial e que não suportariam esse recurso. E há outros, mesmo, cujo estado da doença não lhes permite usufruir desse conforto.

O Despenseiro, sentado em sua poltrona cativa, abana-se com o jornal dobrado; abre a camisa de ponta a ponta, desde o botão do colarinho até o último, o que lhe prende a bainha da camisa, passada no cós das calças; sopra, com as bochechas infladas, o fumo azul do charuto, para logo respirá-lo em seu retorno, mais seco ainda, no funcionamento dos pulmões. O ar, impregnado de partículas cinzentas, de um pó adesivo e ardente, não se renova nesta tarde, que ameaça derreter os miolos. Em verdade, é de lamentar que edifício tão bonito, traçado pelas mãos de um cérebro privilegiado, fosse situado em lugar tão insalubre. Todos reclamam do calor asfixiante. O guarda-pó dos médicos e das enfermeiras não esconde o borbulhar do suor que inunda as axilas, ensopa o peito, escorre pelas pernas e pelos braços. Os lenços não dão vazão a essa maré úmida, que não pára nem mesmo com o chegar da noite, como se o hospital houvesse se transformado num dos fornos do inferno. É um suor pegajoso e aderente à pele, o deste verão, obrigando as enfermeiras a desabotoar o zíper de seus guarda-pós, vestidos na pele nua, sem outra proteção, nem mesmo a dos sutiãs; e a abrir, também, algumas casas dos botões da frente de suas blusas, deixando ver, livremente, os seios inundados, com seus mamilos de halos negros ou rosados.

Em verdade, tal é a predisposição que o calor deixa nas criaturas, que nem os homens podem, agora, gozar a delícia desse éden, desperdiçando essa paisagem devastada pela resistência do calor.

O Despenseiro abre o jornal na cara, para evitar a luminosidade ardente que lhe sapeca o rosto, queimando a menina dos olhos, a pele gaza, rachando os lábios, abrindo feridas, levantando borbulhas azuis no pescoço, como se a cabeça estivesse mergulhada num tacho de água fervendo. É o órgão da classe — *O Previdente* —, o mensário do servidor público. É um jornal que traz matéria de boa informação, de interesse da classe, e cuja redação foi entregue a um rapaz muito hábil e que também colabora nos melhores jornais da cidade. É este um bom veículo de divulgação, que circula com reserva, quase clandestinamente, pois em seu artigo de fundo diz verdades que não interessam à direção do hospital. Seu redator tem o bom faro da notícia e, como também é funcionário do hospital, não tem dificuldades em colhê-la.

O jornal é uma folha importante para os servidores. É essa a imprensa que os orienta como proceder em suas reivindicações no trabalho. Aponta o rumo certo que a classe deve tomar, mostrando as armadilhas, os alçapões que a direção do hospital está sempre disposta a armar para pegá-los. Pelo artigo de fundo, os servidores orientam-se como proceder com a direção, quando esta lhes impõe a ordem de ditador, desferida pelo regulamento. E é preciso ser muito hábil para tomar qualquer atitude contra a direção, pois o regulamento é um ditador muito poderoso. Os médicos e o próprio diretor do hospital são sujeitos ao regulamento, mas o artigo de fundo é redigido por quem entende das ventas — por um colega, representante da classe, um jornalista sagaz —, e, seguindo-o em todas as linhas, não há meio de o regulamento encontrar uma pequena falha, não podendo assim impor a força de sua tirania.

O Despenseiro continua com o jornal aberto na cara, mastigando a ponta seca do charuto por causa do calor. Tenta dobrá-lo, mas as folhas estalam e se rompem, rachando como uma casca fina de madeira. Os pedaços caem-lhe nos joelhos, espalham-se por cima dos sapatos e se misturam à cinza do charuto que também se acumulou ali, sem que aparecesse o vento para soprá-la. No calor infernal desta tarde, não haverá o menor sopro de vento para removê-la. Ele terá que soprá-la, se quiser, com as bochechas ardentes, mas ele certamente não fará isso, porque o ar está pesado de partículas, de um pó adesivo que logo a devolverá para suas narinas. Quase nada lhe sobrou do jornal, e já estaria de mãos vazias se teimasse em dobrar-lhe as quatro folhas. A metade já se foi aos pedaços. Em verdade, ele já não o tem nas mãos pela metade, apenas algumas tiras lhe restaram, e é preciso muito cuidado para que estas também não desapareçam. É preciso evitar que o artigo de fundo se evapore, por sorte foi hoje composto em duas colunas maciças e deslocado fora de seu lugar habitual, situando-se no local onde as mãos do Despenseiro seguram o restante da folha principal.

O Despenseiro já se determina a encontrar a solução desse problema. Sopra, com muito cuidado, inflando as bochechas, o hálito impregnado do fumo do charuto, e esse vento aquoso vai, aos poucos, umedecendo as colunas — aquelas em que se encontra o artigo de fundo —, mas esse exercício é, sobretudo, muito penoso porque tem contra a astúcia do Despenseiro os caprichos das partículas adesivas e a impiedade do calor, que logo vão secando os borrifos do hálito e empretando a boca de pó. Mas o Despenseiro não pode desistir dessa tarefa. Ele terá que salvar o artigo de fundo. Isso é muito importante para ele e para todos. O jornal, hoje, circulou com uma tiragem mínima, por falta de papel, e além disso sofreu uma baixa violenta em sua distribuição. Alguns dos servidores, coagidos pela direção, viram-se obrigados a rasgar o jornal e a dar sumiço depois, atirando os pedaços na lixeira ou dando descarga no sanitário. A direção do hospital deu em cima por causa de uma denúncia. O artigo de fundo conclamava os servidores para uma reunião da classe, a fim de novamente reorganizar o sindicato, desfeito pelo regulamento ao estourar a revolução.

Soprando sempre obstinadamente, o hálito impregnado do fumo do charuto, o Despenseiro conseguiu, por fim, umedecer a folha principal de *O Previdente*, e salvar o artigo de fundo, recortando-o com uma gilete e guardando-o, cautelosamente, no bolso da jaqueta.

Apesar do calor reinante, que predispõe as criaturas e tudo o mais, o Despenseiro não deixa de pensar em sua vida futura com a filha da lavadeira. Basta sentir o cheiro da comida que sopra da cozinha, para voltar a pensar nela com maior dedicação. Em verdade, esse sonho é o melhor alimento de sua vida. Persuade-se de que não poderia viver sem ele. Sabe que ele lhe tortura o espírito e que o deixa, muitas vezes, enleado num labirinto de dúvidas e desencantos fatais, mas logo uma onda mais forte e benfazeja repõe as coisas em seu devido lugar, basta lembrar-se da luz profunda dos olhos escuros, inchados em suas pupilas; da ternura do sorriso e da meiguice dos gestos, da boca quente de lábios polpudos; dos peitos salientes, de mamilos cheios e duros. O desejo de possuí-la volta a crescer dentro de sua cabeça, e em seu sangue levanta-se um ardor forte, que o inquieta, e desperta a imaginação para outras coisas, que há muito tempo não lhe vinham à mente: como a de uma criança envolta em panos miúdos, chorando sem parar por toda uma noite, como se uma goteira estivesse a cair-lhe na cabeça. Sente, neste momento, um cheiro de urina, misturado com leite materno, espécie de suor doce e aquoso como o suco de uma fruta. Esse enlevo prende-lhe a atenção por muito tempo, o charuto desaparece no canto da boca, rolos de cinza caem-lhe por entre as pernas abertas, espatifam-se sobre os bicos lustrosos dos sapatos, a brasa acesa abre mais uma ferida no lábio superior, e a chama incendeia os cabelos dos bigodes, alargando cada vez mais o claro aberto por outros momentos de devaneio. Por que a vida não pode ser como a imagina? Há coisas que ele não compreende, como, por exemplo, a herança diabólica do avô transmitida no sangue da geração, de família a família, do varão mais velho — o primeiro — até o último rebento da raça. Ninguém lhe sabe explicar essas coisas, são como certos mistérios da natureza e seus caprichos.

    O sangue do avô latejava em seu sangue, com sua carga de glóbulos vermelhos e brancos, constituído de uma nucleação diabólica, fermento condutor de um potencial de taras desconhecidas, originárias de seus tataravós e dos mais primitivos machos, responsáveis por essa extraordinária multidão de homens e mulheres que havia gerado incontáveis famílias, de filhos fortes e violentos como animais selvagens e que jamais poder algum do mundo destruiria.

    O Despenseiro parecia ser o único herdeiro das taras do avô, pois, como ele, também queria desvendar os mistérios da natureza e seus fenômenos.

O avô se perguntava por que razão as chuvas caíam no mar, já que de nada serviriam, se a terra carecia de chuva para a plantação e para o alimento de todos os seres. Ele não compreendia qual a razão de o Criador das coisas desperdiçar tanta água. E com mais angústia ainda interrogava-se sobre a morte prematura das criaturas, dos animais, dos insetos, e do massacre das guerras, das secas e da peste que cobriam o mundo.

O Despenseiro, agora, pensava em coisas muito profundas, e logo deduzia que, se em verdade as taras do avô estivessem disseminadas no sangue de sua geração, a ele coubera, certamente, maior dose, pois esses problemas que não diziam respeito a outros varões da família lhe ocorriam, constantemente, e isso era uma prova de que estava marcado por um estigma muito forte, e que, sendo assim, jamais encontraria cura para seu mal.

Padre Hugo atravessa o pátio, rapidamente, num chouto desigual, as pernas tortas e trôpegas embaraçando-se na batina, fazendo um barulho dos diabos, como o de um guarda-chuva abrindo e fechando a um só tempo, olhando para cima e para baixo, segurando o missal e o crucifixo com uma mão, e tentando desentalar a batina entre as pernas, com a outra, num estado de grande aflição.

O Despenseiro pouco se incomoda com os gestos dramáticos do Padre e a incompreensível calma dos médicos para atender aos chamados urgentes. Em verdade, a displicência dos médicos não lhe prende mais a atenção, estes estão sempre dispostos a esperar que a morte chegue ao leito do enfermo antes que apareçam, pois o ofício os transformou num objeto insensível como uma mesa. Algo, verdadeiramente, muito importante deve estar acontecendo para que o Padre se ponha a choutar como uma raposa pelo pátio. E efetivamente havia uma razão especial para o corre-corre. Braz foi vítima de um ataque violento de exaustão, como ele próprio tinha previsto, e nem a morte deu-se por isso, ocupada que se encontrava em destrinçar a origem daquele labirinto de pontinhos miúdos como sementes de gergelim, cabeças de alfinetes miúdos, entremeado de linhas da grossura de fios de cabelos, que corriam em todas as direções do papel, como os nervos de um cérebro.

Nem o Padre chegou a tempo de dar-lhe a extrema-unção, administrar-lhe os sacramentos. A enfermeira que o assistia declarou, em seu depoimento, que dois minutos antes havia passado ao pé de seu leito e o surpreendera rabiscando um papel quadriculado, com uma régua milimetrada, e que esta, assim como o papel e outros acessórios, desapareceu misteriosamente, e, ao adverti-lo de que isso não lhe era permitido, o engenheiro ficara visivelmente irritado. Foi nesse ínterim que procurou notificar aos médicos o acontecido. E a conclusão a que os médicos chegaram foi a de que Braz morrera vitimado por um ataque de exaustão, de tanto trabalhar, sem dormir, nem de dia nem de noite. Mas não ficou só nisso. Era necessário averiguar a veracidade ou não do depoimento da enfermeira, pois havia contradição entre sua história e os fatos dessa mesma história, já que não coincidiam em todos os detalhes, uma vez que não foram encontrados todos os objetos descritos. Faltava a folha quadriculada, que certamente seria a chave do segredo, sem esta nada fazia sentido, nem mesmo o depoimento da enfermeira poderia ser invocado como testemunho da verdade, a menos que se aceitasse que ela era possuidora de uma imaginação fabulosa, ou tivesse sido traída por um fenômeno de ilusão ótica, o que talvez fosse o mais possível.

O leito do engenheiro fora vasculhado em todos os seus limites. Dois médicos suspenderam o corpo seco, enquanto um terceiro, com o auxílio das enfermeiras, virou o colchão, e nada foi encontrado, além da régua milimetrada, do esquadro e de uma caixa de lápis de cor, que mais pareciam estiletes revestidos com ponteiras, que se mantinham seguros e inquebráveis, protegidos por bainhas douradas, como uma liga de metal muito resistente e flexível.

Esgaravataram as testeiras da cama enquanto o corpo do engenheiro jazia suspenso no ar, como uma ave seca, empalhada; os olhos duros e cinzentos, como duas esferas imóveis de vidro. Fizeram-lhe vistoria na boca e no ânus, e de nada disso tirou-se resultado. Tiveram que repô-lo novamente no leito.

A morte do engenheiro causou um pandemônio no hospital, como se um terremoto violento sacudisse as paredes, tanto pela fama de seu nome como, agora, pela notícia do estranho projeto do logro da morte — o desaparecimento da folha quadriculada. Não foi possível à direção evitar que o boato fabuloso corresse por todas as dependências do hospital e ganhasse a rua. Logo mais a imprensa estava reunida no gabinete do diretor, querendo desvendar o "mistério" da ilusão de ótica, e a fazer perguntas as mais desconcertantes à enfermeira que testemunhara os dois últimos minutos da vida do engenheiro.

A moça ainda estava tonta do que lhe acontecera, e repetia a mesma história contada a primeira vez. Isso foi o bastante para que tudo recomeçasse, com as mesmas vistorias às vistas dos repórteres. E os mesmos detalhes da história foram contados e recontados. O apartamento do engenheiro, como ficara conhecido aquele compartimento, foi fotografado em todas as suas frações, como se fosse um terreno minado, e Braz tivesse sido vítima de um plano diabólico. Talvez a folha quadriculada revelasse uma história fabulosa, se constituísse mesmo num segredo muito importante de sua vida íntima, ou de suas atividades profissionais. Seu corpo também foi fotografado, embora a direção proibisse. Mas os homens de imprensa, ansiosos por saber tudo a respeito daquela inteligência rara, pouca atenção deram às ordens do diretor. O regulamento — ditador poderoso — nada podia fazer agora contra os jornalistas, credenciados legalmente para o exercício de sua profissão. A revolução havia estourado no país, um pequeno levante militar, mas isso não constituía empecilho aos serviços dos profissionais de imprensa, já que o engenheiro não era homem político, mas um cérebro privilegiado que sozinho fizera o projeto do mais belo edifício da rede hospitalar da América Latina. Os jornalistas não tinham outro propósito a não ser o de revelar o segredo da morte de Braz, cujo laudo médico atestava que ele morrera de exaustão, por trabalhar sem sossego noite e dia na realização de um projeto misterioso, mil vezes mais difícil do que o projeto do hospital. Em verdade, um engenho diabólico, espécie de jogo de cabra-cega para iludir a morte.

A morte do engenheiro, que foi objeto da curiosidade pública, e ao mesmo tempo de comentários os mais controversos, lamentada por quantos trabalhavam no hospital, não teve para o Despenseiro outro sentido senão o de despertar-lhe uma idéia que o tornara muito feliz. Julgou que seu mal não era sem remédio. Não era só ele que via coisas que não existiam. Também a enfermeira jurara às colegas, por tudo quanto havia de mais sagrado, como vira a folha quadriculada desaparecer com os outros utensílios. Isso não podia ser fenômeno de ilusão de ótica, muito ao contrário, então como explicariam a aparição dos outros objetos? A folha quadriculada fora a primeira a ser vista, com suas linhas traçadas em todas as direções do papel, e de todas as cores, pois o engenheiro estava tão absorto em seu trabalho, com os olhos pregados nas tabelas da régua milimetrada, que não ouvira quando ela lhe dera o bom-dia. Depois os objetos sumiram-se num abrir e fechar de olhos, como por encanto, como se se dissolvessem no ar que lhe soprava nas mãos trêmulas, para depois serem encontrados debaixo do travesseiro. Tal fenômeno devia ser os indícios da mesma doença que trazia na cabeça, e que o atormentava na incoerência dos sentidos. Os médicos, agora, poderiam pesquisar melhor. Havia um exemplo semelhante ao seu no hospital.

O Despenseiro passou, então, a interpelar a enfermeira sobre o acontecido, prestando bem atenção nos detalhes da história, e capacitou-se de que, em verdade, a doença era irmã gêmea da sua. E a enfermeira, por sua vez, passou a se interessar também por sua história, já que ambos padeciam do mesmo mal e precisavam da colaboração mútua para sua cura.

Era assim a vida, pensava o Despenseiro, depois de refletir profundamente sobre a causa de sua doença, que certamente vinha de eras remotas, das origens primitivas de seus ancestrais, desde o primeiro varão da família do avô e dos seus tataravós; de épocas imemoriais, testemunhadas nas taras e nos rompantes da família, mostrando as aparências na afinidade do sangue.

O engenheiro, que sabia fazer cálculos audaciosos no jogo diabólico das equações, somando e multiplicando, dividindo e subtraindo números, depois misturando letras e símbolos nas operações matemáticas, como se fosse um feiticeiro, um ser endemoninhado, para que, no final das contas, tudo desse certo e fosse aplicado às vigas de ferro, ao cimento e à cal com incrível segurança, nada pudera fazer para evitar o laço fatal da morte.

Se, em verdade, trabalhara num engenho estranho e misterioso, que ficara conhecido como o projeto do logro da morte, acabara por este mesmo perdendo a vida, de qualquer forma, de nada lhe valera a vingança. Fora envolvido como os outros em lençóis muito alvos, exalando um odor violento de iodofórmio, empurrado com impacto pelo calçamento desigual do pátio interno até a necrópole, onde os amigos mais íntimos o esperavam, em companhia da mulher e da filha.

Em nada alterou a rotina do hospital a morte do engenheiro. Padre Hugo continuava atravessando o pátio, os olhos varrendo as divisões dos andares, perscrutando as janelas dos apartamentos e das enfermarias, olhando para cima e para baixo, num movimento nervoso e contínuo.

O Despenseiro conhece mais do que ninguém a razão desses movimentos carregados de angústia, e sabe que, por onde o olhar do Padre se lance, localiza a posição, o quarto certo do moribundo. Enquanto o Padre atravessa acidentalmente o pátio, os olhos vasculhando os andares, os sapatos vão dando cabeçadas no desnível do calçamento, ralando as biqueiras de vaqueta preta, mostrando a sola descoberta e deixando-lhe os dedos cheios de machucaduras.

O representante de Deus é um octogenário, já sofreu várias quedas nesse trajeto do pátio interno e, por um golpe de sorte, uma vez não partiu a cabeça no fio de pedra do calçamento que circula o pátio. Para muitos doentes isso foi um milagre, pois entre a nuca do vigário e o fio de pedra não medeia a distância de três centímetros. Mas, para Padre Hugo, que não acredita em milagres, isso não passou de mais uma prova da bondade da

Providência. Enquanto não aparecesse um vigário para o substituir, ele seria o capelão do hospital, nem que completasse cem anos. Enquanto pudesse arrastar as pernas trôpegas, enxergar as letras do missal e sustentar nas mãos trêmulas o cálice com o corpo de Cristo na hóstia consagrada, haveria de oficiar a missa dos doentes. Sabia que estava se tornando uma figura bizarra com aquele boné curto e raso demais para sua cabeça, que a cada dia parecia crescer mais, dadas as preocupações com a alma dos moribundos, pois a maioria dos enfermos se recusava a receber os santos sacramentos, embora isso lhe fosse incompreensível, mas essas coisas aconteciam com freqüência. Das bainhas da velha batina, estragada de tanto o vento castigá-la no vaivém da necrópole para o pátio, apenas restavam farrapos. Estava ficando com a vista curta, os pés encontravam dificuldades em se elevar do chão, as mãos quase sem tato.

O Despenseiro parece não compreender bem o significado de uma vida assim, toda ela dedicada ao bem do próximo. Está sempre a espiá-lo em sua azáfama, aparvalhado, como procurando dar sentido a uma coisa que não faz sentido. Não obstante, o Padre compreende, parece adivinhar a sua solidão e está sempre disposto a adverti-lo:

— Você leva uma vida de monge, João, por que não casa? Não vê como é a vida? Você não vê a morte passar a todo momento à sua frente, envolvida em lençóis muito alvos? Não faz muita diferença de uma criatura que passa, como eu agora, à sua frente, aqui de pé; você aí sentado na poltrona.

Retira-se sem mais demora. O tempo é útil para ele, naquele hospital imenso, atulhado de enfermos.

As palavras do sacerdote ficaram-lhe ressoando na cabeça como um búzio. A vida é um instante e passa sem deixar o rastro de seu trajeto. Braz acabara de morrer — uma grande cabeça. Deixara uma história fantástica através da fama de seu nome, mas isso de nada valeria. A vida tinha se esvaído, como a coluna azul-pálida do charuto, sem deixar vestígios. Braz, um homem de 50 anos, uma inteligência rara, capaz até da execução de um projeto para iludir a morte. O engenheiro construtor do hospital — aquele hospital que abrigava o sofrimento de muitos doentes, causando vítimas como um matadouro, uma região açoitada por uma peste muita violenta, e da qual muitos poucos saíam por seus próprios pés. Braz o traçara com cálculo de extrema precisão, dividindo sistematicamente a área de terreno que o limitava, e fizera as indicações do pátio externo, de onde se elevariam a portentosa fachada, as áreas laterais, os corredores térreos, as salas da secretaria e da tesouraria, as dependências da central telefônica; distribuindo ainda pelo andar térreo sua frota de raios X e outros tipos de aparelhos pesados, a enfermaria de emergência, o depósito de cereais, a cozinha central e a necrópole, aproveitando um recanto do pátio para a instalação de um pequeno elevador, ao pé da escada de cimento que dava para o laboratório de análise clínica.

O andar térreo fora aproveitado para tudo isso e mais algumas salas que eram ocupadas para tratamento especializado, como o serviço de fisioterapia e a cirurgia plástica. As paredes subiam para o céu, retas em seu prumo, em seu equilíbrio perfeito, como se fossem planejadas para demarcar, com a precisão de cálculos matemáticos, os incalculáveis espaços aéreos que as linhas modulavam em seu conjunto nervoso e harmônico. Os apartamentos de luxo, os quartos sociais, as enfermarias, as salas de operação e recuperação, assim como os compartimentos de toda espécie e os demais setores — como o salão de conferências e o gabinete do diretor —, tudo foi previsto e revisado, com muito esmero, por assim dizer, por um gênio doente ou por um maníaco da perfeição. Tamanho era o escrúpulo do engenheiro que recusou a colaboração, que lhe fora oferecida pela direção do hospital, de uma equipe de técnicos para a execução do projeto, declarando que só aceitava a tarefa se fosse para realizá-la sozinho. De imediato, tal atitude pareceu, aos membros da diretoria do hospital, caprichos de um louco (como se aquele homenzinho de metro e meio de altura, pesando 47 quilos, estivesse a zombar da atenção que lhe devotaram e mais ainda da confiança de que haviam dado prova ao convidá-lo para o desempenho de tamanha empresa). Mas logo se capacitaram da inteligência rara do homenzinho e de sua obstinada teimosia, quando consultaram a Sociedade de Engenheiros sobre o assunto. E então não só lhe ofereceram as condições e os meios materiais de que precisasse, como franquearam a pedir o que bem julgasse necessário, assim como toda a liberdade na execução do projeto. Mas uma coisa os deixou ainda mais desconcertados do que quando o engenheiro recusou a colaboração da equipe de técnicos. Foi a de não querer ele marcar o preço de seu trabalho, não aceitando qualquer acordo. Apenas se conformaram com a esperança de que o engenheiro, uma vez o hospital terminado, estabelecesse o preço. Braz fez questão ainda de que se abrisse concorrência pública para a execução do mesmo, a fim de que o projeto do hospital não fosse objeto de exclusividade, e para que tanto os interessados como a opinião pública tomassem conhecimento do assunto. Essa uma prerrogativa de que não abria mão. E tudo foi feito segundo sua vontade. A concorrência pública foi aberta, a imprensa noticiou amplamente o fato, e foi feita até mesmo uma estimativa de quantos engenheiros compareceriam à concorrência, estabelecendo a prévia um número de vinte, cálculo que foi somado depois a cinco vezes, já que o noticiário, segundo ainda as exigências de Braz, deveria estender-se a todos os engenheiros da América Latina. Além disso, outros problemas juntaram-se a esses, como o de nomear uma comissão de alto nível para examinar os projetos, que deveria ser composta de membros de todas as nações latino-americanas. E para isso já se impunha, agora, determinar o montante especial da verba para as despesas, a fim de que se pudesse providenciar as passagens dos engenheiros para sua permanência no país. E logo foi necessário organizar, com a urgência que o assunto pedia, um escritório especial, provido de secretaria-geral para atender a correspondência que chegava a todo instante, pedindo esclarecimento sobre as condições de viagem, reserva nos hotéis etc. E, então, foram contratadas equipes de recepcionistas, moças treinadas especialmente para esse fim, que falavam corretamente diversas línguas. E tudo foi cumprido dentro de um esquema perfeito. Ao cabo de dois meses, depois das maçantes reuniões do júri, num labirinto de papéis e num dilúvio de fumaça rolando acima da cabeça dos presentes no salão de reuniões da Sociedade de Engenheiros, a comissão de alto nível chegou à conclusão, após calorosas discussões, de que, apesar de a maioria dos projetos ser de perfeita viabilidade para a construção do edifício do hospital, um, porém, se destacava dos demais pela audaciosa inventiva de seu risco original. Como a assinatura do projeto estava referendada apenas por uma consoante, não se sabia a quem atribuir a autoria, não se podendo revelar, portanto, o verdadeiro nome do autor, tudo indicando tratar-se de um gênio muito singular, pois foi o projeto apresentado numa folha de papel comum e num traçado de linhas tão finas como os nervos do cérebro humano, entrecortadas de pontos pequeninos como cabeças de alfinetes. A abreviatura com que o autor procurou ocultar sua identidade, a fim de que a escolha recaísse a quem de direito apresentasse o melhor projeto, poderia ter gerado uma grande confusão, pois muitos dos concorrentes iniciavam o nome por essa letra, mas todos esses tinham escrito o nome por extenso. Braz recusara a equipe de colaboradores porque pretendia executar o projeto sozinho, a fim de conhecê-lo em todos os detalhes, pois só assim poderia engendrar, anos depois, quando a doença fatal o atirasse no leito do hospital, o diabólico projeto do logro da morte, e morrer por seus próprios recursos, pois Braz era um homem que não sabia improvisar uma situação se os primeiros e os últimos passos não fossem dados por ele próprio. Restava agora, à direção do hospital, acertar suas contas com o engenheiro. E muitos já começavam a se preocupar como isso poderia ser feito, se o homenzinho, com aquela sua perseverante excentricidade, se dispusesse a cobrar apenas um terço do valor de seu trabalho, ou mesmo um quarto. Tudo isso era possível sair daquela cabeça pequena e obstinada, e o pior poderia acontecer, se ele entendesse de mandar às favas todo mundo, numa prova patente e acabada de que a inteligência humana não tem preço, não pode ser negociada como um produto qualquer. E o pior acabou por acontecer. O engenheiro não só os mandou às favas, como ainda os ameaçou, apontando com o indicador magro da mão direita, pontudo como um estilete, a folha de papel semeada de arabescos incompreensíveis: "Se estes garranchos não servirem, se não armarem uma arapuca que preste, juro pelos demônios que darão para acender uma boa fogueira." E retirou-se enfezado, como se os componentes da direção do hospital houvessem lhe atirado às ventas uma carga de impropérios.

Sentado em sua cadeira cativa, roendo a ponta do charuto com obstinada paciência, pensativo e triste como um condenado, o Despenseiro revê em sua mente os fatos e as situações da vida do grande homem. Como podiam acontecer coisas assim na vida, tão grandes e inexplicáveis como a chuva desperdiçando-se no mar: a nobreza de atitude do Dr. Braz, seu desprendimento pelos bens terrenos, e a devoção de Joana, a filha da lavadeira, pelas almas. A vida era muito estranha, e havia criaturas indecifráveis como um problema de logogrifo, uma carta enigmática.

Dr. Braz morrera antes mesmo de completar os 50 anos e deixara uma obra exemplar para legar à posteridade e, mais que isso, uma história fabulosa para acrescentar à fama de sua glória. Seu nome ficaria conhecido não por ser apenas portador de uma inteligência rara, mas sobretudo por seu plano feiticeiro e diabólico, o do projeto do logro da morte.

Aquele hospital, considerado o melhor da América Latina, havia sido projetado por um único homem que, tempos depois, por seu próprio capricho, encontraria uma solução pessoal para se livrar do laço da morte, impondo à mesma o capricho de encontrá-lo sem vida, passando-lhe a cabeça por entre as pernas sem que ela a isso atinasse.

Padre Hugo via no engenheiro alguma coisa que o perturbava toda vez que o visitava e insistia para a confissão. Braz respondia ao apelo do sacerdote com incrível ironia. "Um dia você saberá, capelão, que este corpo jamais possuiu uma alma, e que por essa mesma razão a morte jamais se apoderará dele. Eu mesmo me imporei meu próprio fim. Será como um brinquedo de cabra-cega, um passe de mágica, espécie de truque perfeito. A megera negra descobrirá, tarde demais, que lhe meti a cabeça entre as pernas e atravessei para o outro mundo sem que ela notasse. Vestirei a mortalha pelo avesso, e deixarei as mangas e as bainhas cheias de nós cegos. Ela não entenderá o porquê desse capricho, e a cada dia será menor ainda a possibilidade de destrinçar essa carta enigmática."

Padre Hugo não diria mais que a atitude do engenheiro era conseqüência de sua própria excentricidade. Só Braz sabia o que lhe ia no íntimo, e não conseguia disfarçar no rosto encovado, de nariz aquilino e ameaçador como um punhal, o riso de ironia que era uma espécie de esgar macabro.

Os mortos que passavam a todo momento pelo pátio interno para a necrópole em seu trajeto silencioso e infinito, envolvidos em lençóis muito alvos, esterilizados, exalando um odor violento de iodofórmio, tinham sido vítimas de seu capricho e de sua excentricidade doentia. E Braz parecia vangloriar-se disso. Traçou com tanta habilidade a estrutura do hospital que a todos os técnicos nacionais e estrangeiros deixara boquiabertos, pois jamais viram, em parte alguma do mundo, um edifício tão sólido em suas bases e tão perfeito em seu acabamento e funcionalidade. E, de tudo, o que mais lhes chamou a atenção e aguçou a curiosidade foi a quantidade incomensurável de leitos, que jamais ocorreria aos outros esse recurso de espaço, tendo em vista a área relativamente pequena do terreno em que se assentava o hospital. Era como se Braz possuísse na cabeça a maldição da prodigalidade, não se podendo explicar como ele reproduzia tanto assim as coisas. Ao que parece Braz o projetara com a turbulenta força de suas emoções mais ocultas, como se quisesse impor às criaturas o arsenal de vingança que a ancestralidade de sua raça lhe impusera. E ainda insatisfeito com a capacidade de leitos e toda espécie de compartimentos e dependências, entregou à direção, anexo ao projeto, um subprojeto que assegurava ao hospital a ampliação, a partir do oitavo andar, de uma infinidade de leitos e apartamentos, como se o espaço que o hospital ocupava, no risco original de seu bloco inteiriço, constituído de outros blocos, fosse flexível e resistente como uma bexiga. Quem o observasse à parte, em seu pleno funcionamento, com sua rede de informações, as mãos nervosas das telefonistas arrancando e colocando os cabos elétricos de um lado a outro, comunicando-se com a central da cidade e os setores interurbanos, julgaria não haver, em verdade, nada que se parecesse tanto com o inferno, ou um asilo, onde houvessem sido atirados os condenados e os loucos de todos os continentes do mundo.

— Você vai morrer.
— Você vai para o cemitério.

Agora, mais do que nunca, as vozes absurdas não saíam da cabeça do Despenseiro, depois da morte do engenheiro. Repetiam-se os ecos. Era como uma obsessão. Bastava desocupar-se de suas tarefas para que novamente elas lhe ficassem zoando em torno da cabeça, como um cinturão de abelhas nervosas e inquietas. O vulto de uma mulher que o seguia sem saber por quê, o murmúrio indistinto como o barulho do mar e as vozes da cidade persistiam. Tentou convencer os médicos de que "seu caso" não era único, e que a enfermeira via coisas também que não existiam, como a folha quadriculada que desaparecera como uma visão. Mas os médicos o persuadiram do contrário, afirmando que eram casos diferentes. Uma coisa se tratava de um fenômeno comum — o da ilusão de ótica —, no seu caso, os exames comprovavam se tratar realmente de uma moléstia de origem nervosa, talvez de proveniência hereditária. Só a ele cabia contemporizar as crises, já que não havia outro jeito a dar. E essa parecia ser a palavra final da ciência, encerrando por vez a possibilidade da cura de sua doença.

O diagnóstico dos médicos fez um grande mal ao Despenseiro, que, não encontrando forças em seus próprios recursos, entrou num estado de melancolia doentia e perniciosa. Nem mesmo Joana poderia ajudá-lo agora.

A direção do hospital já cogitava da aposentadoria do serventuário, estudando o melhor meio de enquadrá-lo num artigo que lhe possibilitasse receber seu salário integral, uma vez que se tratava de um funcionário que dera prova de toda a responsabilidade durante os anos em que ali vivera, sem que nada houvesse em sua folha de serviço que desabonasse sua conduta.

Enquanto isso, o homem lutava em vão para varrer da cabeça o mal de origem, que se instalara desde que nascera, sem que ele o soubesse; crescera com ele, deitara raízes no sangue, até que tomara conta do controle de sua mente. Já não procurava matar o tempo como antes, nos primeiros anos em que chegara ao hospital, procurando resolver problemas de logogrifo, palavras cruzadas, ou o jogo de gamão, a partida de xadrez, com que vez por outra se divertia. Nem mesmo ao buraco, à víspora, ao dominó se entregava mais. Jogara fora os baralhos que possuía, e dera ao mestre de cozinha o gamão, a caixa de dominó e o tabuleiro de xadrez.

A superstição tomara conta dele, e já não tinha coragem de olhar a mão trancada sobre os nós dos dedos. Os amigos com quem se divertia em seus dias de folga notaram sua ausência e foram a seu encontro. O Despenseiro quase não os reconheceu, tal o estado de indiferença com que os recebera.

— Sentem-se se quiserem, ou não se sentem — proferiu, indicando uma fração de fio de pedra com o dedo esticado.

— O que você traz aí na mão fechada, com tanta força? — indagaram os amigos.

— Vocês não sabem que eu guardo aqui um segredo maior do que o mundo? — e acochou os nós dos dedos o mais que pôde.

Então os amigos certificaram-se de que tudo estava perdido, e de que nem Joana, com seu purgatório de almas penadas, salvaria o pobre homem.

Padre Hugo continua em seu chouto acidentado, atravessando o pátio, tropeçando nos desníveis do calçamento, a boina enviesada na cabeça. É uma touca pequena, esta, rasa demais para a sua cabeçorra, por isso está sempre a ajeitá-la, a espichá-la com as duas mãos, como se estivesse a enfiar, à força bruta, uma meia estreita demais para o pé. A fazenda preta já perdeu a cor, o brilho luzidio e repugnante do luto, de tanto sová-la à procura de um equilíbrio impossível. De vez em quando ela lhe cai nos pés, e ele a apanha com paciência beneditina e bate obstinadamente a poeira no joelho, levantando a batina, deixando ver as pernas brancas e nervudas, de cabelos compridos e suados como as de um bicho. Na época do calor, não veste uma calça comprida por baixo da batina; usa uma espécie de cuecão riscado, que desce até a junção dos joelhos. Há quem veja no Padre velho, octogenário, muita virtude; e alguns fiéis acreditam mesmo que ele seja capaz de fazer milagres, já que possui uma paciência infinita para tudo e uma resignação a toda prova. É evidente que ele nasceu marcado para o sacerdócio, e que teve uma vida exemplar em todo o seu passado, que bem poderia ser canonizado, mesmo que nunca houvesse feito um milagre. O certo é que sua bondade e sua velhice inspiram confiança aos doentes, e alguns médicos já se inclinam a dizer que o capelão do hospital é uma alma pura, e que, se houvesse um céu e nesse céu houvesse lugar para os justos, o lugar de Padre Hugo estaria reservado. O Padre ignora esses comentários, e, quando lhe falam em milagres, os bofes se revoltam e ele torna-se áspero: "Eu nunca os vi, nem quero vê-los. Milagres só fez Jesus." Não obstante, os fiéis juram, pelo que há de mais sagrado, que o cálice várias vezes ficou suspenso de suas mãos, enquanto ele alçara-se, leve como uma pluma, num vôo de andorinha até o teto da capela, e daí percorrera toda a nave — a sombra do corpo projetando-se na cabeça dos fiéis.

Muitas histórias ouviam-se a respeito dos prodígios de Padre Hugo. E este estava sempre a mostrar, sem que o soubesse, no ar macerado de seu rosto sulcado de rugas, uma felicidade que era mais fruto da resignação e da renúncia, por todos os bens terrenos, do que mesmo a do prazer que a alegria da vida proporciona. Mas desde que a doença do Despenseiro se agravou, Padre Hugo já não era mais o mesmo. Andava muito triste, falando sozinho, arrastando as pernas trôpegas pelo pátio, meio torto, e capengando como um urubu centenário. O Padre velho já está caducando, diziam os funcionários do hospital.

Padre Hugo não consulta mais os andares, segurando os óculos na ponta do nariz para não se espatifarem no chão. Passa o dia inteiro fazendo bolandeira em torno da cadeira do Despenseiro, rezando e traçando cruzes nas costas, como se o homem tivesse o espírito maligno no corpo.

O Despenseiro já não remexe, como antes, a caixa de charutos abandonada ao pé da poltrona cativa, coberta de poeira. O suor escorre pelo peito, desce pelas pernas, empapando a cueca, o bico dos sapatos. As calças já perderam o vinco e estão cobertas de nódoas. Já não se abana com as asas da jaqueta aberta, sacudindo-as; a camisa mostra-se desabotoada fora do cós. Não solta mais um coió para a servente-arrumadeira, a novata, de ancas puladas e peitos salientes e viçosos, e que um dia lhe pediu ajuda para as frutas que ela mesma deixara cair das mãos. Nada agora lhe interessa nem aguça a curiosidade. Os embrulhos brancos passam despercebidos em seu trajeto silencioso e infinito para a necrópole. Os choutos acidentados de Padre Hugo pelos desníveis do calçamento do pátio interno, os óculos ameaçando despencar do nariz e espatifar-se no cimento, não lhe chamam a atenção. As estrelas que despontam à noite, alvejando o firmamento, e a árvore do pátio fervilhando de passarinhos ao pôr-do-sol, projetando sua sombra enorme e desenhando no chão suas folhas iguais, como moedas de ouro, nada disso é visto pelo Despenseiro, cuja mente parece parada como um muro, voltada para coisa alguma deste mundo. Nem mesmo a imagem de Joana lhe ocorre nesses momentos, que nem são de reflexão nem de cisma, mas momentos carregados de uma indiferença tão profunda e incomensurável de causar nojo à própria alma. O mundo e as coisas que o cercam são como miragens. Nenhuma relação pode existir entre a vida e o amor, o sonho e a realidade; nem a noção de tristeza ou de alegria desperta, em sua mente, a ânsia, comum a todo ser humano, da felicidade. A morte não passa envolvida em seus lençóis muito alvos, exalando um odor violento de iodofórmio, empurrada com impacto nas macas pelos desníveis do calçamento do pátio interno até a necrópole. Está sentada sobre seus ombros, sem que ele disso se aperceba, achatando-o como o rochedo mais pesado do mundo. Só uma coisa sacode os pensamentos, revolvendo as entranhas, como um monte de vermes acossados por um veneno letal: é o odor violento de bosta que exala de tudo e provoca um ódio incontido. De toda parte chega o odor nojento. Vem do vento da manhã, da sombra gigante da árvore, da cintilação branca das estrelas, e até da junta dos dedos grossos e perros como ferrolhos, trancados sobre o centro da mão. Sente o odor de bosta exalar da caixa de charutos (a madeira antes cheirosa em suas estrias delgadas), misturado com o almíscar de fruta podre, tomando-lhe o fôlego e os sentidos.

O Despenseiro continua indiferente a tudo, até aos sentimentos mais puros. Sua mente está pregada no casco interno da cabeça como uma lesma amarela e dormente. É um troço inútil apodrecendo o juízo.

Quando entregaram a papeleta, o ofício de sua aposentadoria, sentiu um estremecimento por todo o corpo, espécie de cólera, que repercutiu até as raízes do cérebro e turvou de um vermelho-escuro a menina dos olhos. Apanhou a papeleta de repelão, torceu-a o mais que pôde, no formato de um canudo, e gritou para o mensageiro, que era o oficial de gabinete do diretor, que metesse o canudo na bunda, com toda a força, até desaparecer. E desde esse dia a lesma dormente e amarela que estava grudada no casco interno da cabeça despregou-se com o choque daquela explosão repentina e transformou-se num besouro peçonhento que ficou a atanazar o juízo. A menor coisa o irritava. E, agora, com dois demônios dentro do corpo, um zoando na cabeça, perturbando os sentidos, tirando a paz interior, e o outro a percorrer o sangue, o Despenseiro já não podia dissimular, pela indiferença, o domínio total do poder diabólico do mal de origem que herdara desde o primeiro varão de seus ancestrais.

Padre Hugo aproxima-se da poltrona, com muita reserva, e o Despenseiro grita ao pressentir-lhe os passos:

— Sabe, Padre Hugo, pois, se não sabe, fique sabendo de uma vez, que Cristo fede a bosta como fruta podre, a bosta, como sua boca.

O Padre recua, apavorado. O crucifixo na mão, apontado para o Despenseiro. E desde esse dia o homem perdeu o controle de seus pensamentos. Apenas uma única vez levantou-se uma débil esperança de que no fundo de seu cérebro ainda restava um pedaço de razão, e que ele acabava de gastá-lo com uma história sem pé nem cabeça, contada para si mesmo — uma história absurda, à qual não se podia dar crédito nem juntar sentido algum:

"Eu tive um sonho, no qual via a palavra *você* escrita no chão, num montículo de terra, e Joana aparecia e cobria as letras com o dedo e completava uma frase:

— Você vai morrer.

— Você vai para o cemitério."

Por um momento fiapos de lucidez clareavam as cavernas de seu cérebro e logo as abandonavam em sua completa escuridão. Nesses raros momentos a silhueta de Joana aparecia e desaparecia em seus sentidos, como o contorno de uma imagem de sonho. Às vezes ele próprio se via estirado na maca, empurrada com impacto contra os desníveis do calçamento do pátio interno, a caminho da necrópole; os grampos de ferro enterrados no corpo, entre as costelas, dilacerando o coração. O odor violento do iodofórmio tomando-lhe o fôlego, provocando vômitos.

Tenta saltar da maca, mas não pode. Os braços estão cruzados no peito, presos por duas tiras largas de esparadrapo, o queixo amarrado por um rolo de gaze, feito um barbicacho, com um nó cego no alto da cabeça. Solta um berro desesperado, e a mão se espalma, pela primeira e última vez, em toda a sua extensão, como um garra, arrebentando os nós dos dedos, deixando ver as unhas caliçadas, com as marcas dos cortes sangrentos abertos fundos em sua palma, até os nervos. Essa visão o apavora. Tenta fechá-la, mas não consegue. Os dedos estão esticados na resistência da pele e em todas as direções. Uma cruz rebenta no centro da mão, e a imagem de Joana se desenha e acentua seu contorno. E já não é mais Joana quem se encontra agora pregada nas traves, mas ele próprio, crucificado. Sente o ardor dos cravos penetrando nos pulsos, perfurando os pés; e logo a cruz se incendeia, o fogo se levanta, as labaredas crescem crepitando e lhe envolvem todo o corpo. Tenta gritar, pedir socorro, mas não consegue. De repente sente uma estocada na nuca. E uma violenta dor de cabeça tira-lhe os sentidos.

O SONHO

Durante o dia o rapaz terá sempre o que ver. Os elevadores sobem e descem cheios de médicos, enfermeiras, remédios, doentes. Há os que morrem, os que estão agonizantes, os que voltam anestesiados das salas de operação, os visitantes que espiam os enfermos, aterrados. Há os amputados, os que exibem cicatrizes por toda parte, os que fizeram transplantes e o novo tecido já começa a se desenvolver com seus pêlos rebeldes.

O rapaz prefere o convívio com estes a ficar repousando no leito. Há em cada quarto uma imagem de Cristo na parede, à frente da cama do doente. Este terá que o ver toda vez que se deitar. Será que todos esses Cristos pensam igual? Será que todos se compadecem dos doentes? Não sabe se faz sentido, mas não deixa de se fazer essas perguntas.

Chega o irmão batista (como consegue subir nos elevadores não se sabe, pois o regulamento é rigoroso: com exceção dos dias de visitas, nem os membros da família podem conversar com seus doentes), planta-se na cabeceira do leito, põe a mão em sua testa, abre a Bíblia e recita versículos:

Glorifica o senhor, Jerusalém.
Celebra teu deus, ó Sião!

O rapaz o escuta em profunda reflexão e deixa que suas palavras o penetrem e untem como o mel. É uma criança. Pode chorar e sorrir ao mesmo tempo. Pode agora morrer tranqüilo.

Nada mais sensível que o impossível.

*Deixa tua lembrança
atrás de alguém. E foge...*
                                                       JAP

Primeira Parte

A ave voa contra o céu. É uma ave preta, alongada no corpo e nas asas muito finas. Suas asas são como nuvens de verão, quase transparentes, leves vapores, como a fumaça que o vento tange.
 Ela voa contra o céu — um céu azul, brilhante e fixo como um tecido de seda, um esmalte na unha polida.
 É um verniz tão firme que reflete um brilho igual ao do espelho. É possível mesmo que a ave tenha sido atraída pelo falso brilho, a cor deslumbrante, que lembra a do mar nas distâncias ou a do lago ao crepúsculo. Nada a impede de voar contra o céu.
 É agora um ponto minúsculo e imóvel — uma lesão no campo azul sem mácula, a não ser a que se observa agora — aquele minúsculo inseto, do tamanho de uma mosca.
 É ainda, apesar do confronto, semelhante a um ponto. Dói a vista fitá-la por alguns segundos apenas, por causa da nitidez brilhante. Os olhos começam a sentir o efeito dos reflexos, mas é muito difícil imaginá-la naquelas alturas. E mais difícil é não a admitir.
 Ela foi vista do tamanho de uma ave comum, de um martim-pescador, por exemplo; depois reduzida ao tamanho de uma andorinha. Agora é uma mosca — um pequeno ponto difícil de localizar na amplidão azul, se dele retirar os olhos.
 O rapaz quer saber por que subindo se diminui tanto. É com fascínio que experimenta esse pensamento. É como uma indagação filosófica, científica, como quem movido por uma

intuição persegue uma descoberta que o colocará entre os inventores mais audaciosos.

O ponto é um ponto fixo, incrustado como um objeto que já não subsiste por si só. E a visão do rapaz torna-se mais suscetível e capta um leve movimento ondulante, que se desloca para uma determinada direção.

O ponto volta a crescer. Agora, realmente, se assemelha a uma mosca, e a progressão, embora lenta, é fantástica. A mosca cresce em movimentos ondulantes, em círculos; e seu coração, é certo, está pleno de júbilo. O que ameaçava desaparecer, destruir-se, é novamente reconduzido. E esse discernimento lhe convém. Talvez ele possua alguma razão para pensar assim. Isso pode servir a indagações estranhas, acontecimentos inexplicáveis, assim como a presença súbita da morte, a interferência de um grande mal.

A ave voa contra o céu. Não bem contra o céu, agora. Entra numa faixa em que oscila numa escala ao mesmo tempo ascendente e descendente. É um exercício de atração e repulsão, medindo esse campo de força contra a resistência de suas rêmiges. Seu corpo flexível e cintilante lembra o de um golfinho — um golfinho que entra em uma zona escura e reaparece após, dourado pelos reflexos da luz.

A ave está sobre o abismo do mar. Desce vertiginosamente sobre ele, abandonando seus movimentos ondulantes, circulares; as asas se fecham e ela está incendiada, envolta numa aura cinza. É um bloco oval, inteiriço e pesado como uma bala que se desloca na direção do abismo — exatamente como um objeto pesado atirado às distâncias, para o alto, que a atração recolhe com violência para esmagá-lo num impacto inevitável.

Vai mergulhar no abismo, e penetrará no mais fundo de suas camadas. Ela vai (a coisa que, em velocidade, é negro-cinza), como atraída por um ímã, espatifar-se entre as camadas sólido-líquidas, no mergulho de cabeça, de perfil aquilino, bico esticado.

O acidente é inevitável a essa altura. Mas a defesa se faz, nessa superfície, mesmo impossível de se determinar de relance.

Sua velocidade é como a da luz quando se comprime o comutador. As asas se desatam na superfície acidentada e se cristalizam como o vidro quente, na forma de gelo. O coração do rapaz pulsa com violência e sua respiração é mais difícil que ainda há pouco.

Como a vida agora é plena. E como esta vida é paralela em tudo à sua.

A ave aparece no oval do espelho de bolso com seu corpo oblíquo, suas asas pretas, finas e longas, abertas, para logo se transformar num branco de cintilações vivas como o esmalte da superfície polida da unha. Seus olhos são dois pontos vermelhos, com um fio cor de cobre delicado, que é quase impossível não o admitir sem o globo ocular.

É agora do tamanho de uma andorinha, uma ave cor de palha, do tamanho de uma andorinha; e continua reduzindo-se, gradativamente, até atingir o tamanho de uma mosca, um inseto cor de palha, do tamanho de uma mosca; e chega assim à proporção exata de um quarto de pílula, ou uma gota de lágrima, e nesse momento escorre pela superfície curva do espelho, se dilui, desaparece.

A ave pode ser um aviso de mau augúrio; a morte pode estar plantada na cabeceira, esperando impaciente, pois há muito o que fazer naquele imenso hospital atulhado de doentes.

Alguém terá vertido aquela lágrima; alguém que ele não poderá recordar precisamente quem seja — além dos entes da família: o pai e a mãe; a irmã, talvez. Mas esses entes estão tão distantes que só a Graça os acordaria nesse momento extremo.

A ave que se desfez numa gota de lágrima ou de vela (agora essa lembrança lhe ocorreu) ainda é a mesma que voa contra o céu brilhante e a que, com as extremidades das asas finas e longas, sopra o tempo nos ponteiros do relógio no alto da torre, quando o crepúsculo desce na cidade.

Como os desejos podem aparecer-lhe agora? É uma imagem flexível e vertical a da jovem enfermeira que se curva para apanhar uma agulha que voou. Sua espinha traça um arco perfeito. Os desejos acendem-se numa fúria incontida. Reflete, enquanto fita obstinado os quadris que se deslocam alevantados na cintura fina, apertada hermeticamente por três colchetes sob o guarda-pó fechado: "Como pode isso acontecer; como posso ficar assim excitado, senão por motivo da doença?"

A jovem percebe que o rapaz está sob forte tensão; ela também está possuída dos mesmos desejos, e sabe que isso não deve e não pode acontecer. Mas é tão forte o fascínio de que estão possuídos que o perigo é logo afastado e os olhos de ambos se chocam e se atraem; as mãos se unem, os corpos e as bocas. Os lençóis estão agora cobertos de manchas vermelhas, muito vivas. Os seios da jovem exibem a marca dos dentes do rapaz. Ela também produziu ferimentos com as unhas em seu pescoço e em suas espáduas. Ofegam um sobre o outro. Por que ela o escolhera?

— Por que logo a mim?
— É preferível a quem não vai morrer.

Não obstante essa verdade, o rapaz sente-se feliz. Pelo menos não alimenta mais esperanças. Dúvidas. Ele sabe que vai morrer. Pode deixar um filho que o continuará. Isso é importante para quem vai morrer; muito importante, por sinal. Talvez possa existir uma chance. Ela lhe dirá, certamente. Mas o rapaz já se torna inquieto, quer saber de imediato:

— Pode haver uma chance?
— Eu não lhe esconderei.

É possível que isso não passe de um sonho, um sonho com todas as dimensões do real.

O rosto febril da jovem continua colado ao seu. Suas artérias pulsam fortemente contra seu tórax. Ela já se compôs. Na manga do guarda-pó secou um jato de sangue. Ela terá que o remover, com o éter e o álcool, enquanto providencia os lençóis para substituírem os que foram manchados.

É possível que a jovem enfermeira ainda volte a vê-lo, a acariciá-lo. A vida é muita estranha, e há pessoas que sabem amar o impossível — restos que a morte despreza por simples capricho. Ela é capaz até, depois do que aconteceu, de acreditar que possa haver um milagre. Para isso poderá fazer suas preces, ajoelhar-se ao pé do leito do enfermo e rogar ao grande Cristo, no alto da parede, que o socorra.

Ela parece inclinada à Fé, agora com esse novo amor que pode ressuscitar do mundo dos mortos; pode ter um filho, um lar, uma existência feliz. Por que o julgou tão doente? O grande Cristo é testemunha de sua Fé. São tantos ali os que lhe pedem socorro, alívio aos sofrimentos. Tudo pode acontecer se a Fé não a abandonar. E ela fará o que for possível para que o grande Cristo o ilumine.

O rapaz, por sua vez, continua sob a atração de seu encanto; protegido em suas dores pelo forte magnetismo de seu olhar, o calor de suas mãos macias, seu sorriso quase feliz. É evidente que ele não crê na intervenção divina, mas ela o convencerá de que o amor pode suscitar milagres. E já é um milagre que ela aparecesse em seu leito de modo tão estranho.

É inacreditável que uma jovem bonita possa amar a um doente marcado com todos os sinais visíveis da morte; como é impossível que uma ave, atirada das grandes alturas, se cristalize quase ao tocar a superfície dos abismos, ou se transforme numa gota de lágrima, ou de vela, no círculo brilhante de um espelhinho de bolso.

Debruçado à janela de seu quarto (o hospital é tão grande e cheio de sofrimentos como o mundo, de agonia e imprevisto, que às vezes desperta o prazer — esse prazer que só é concebido através do absurdo), o rapaz avista a ave que circula o espaço da torre onde o relógio marca o tempo em quatro espelhos, em quatro faces, apontando para pontos diferentes.

O tempo é um só e se mostra simultaneamente em quatro direções — isso significa que, de qualquer ângulo do hospital em que se encontre, o doente pode somar os momentos de sua morte através dos ponteiros de longas hastes e da numeração dos algarismos romanos.

Há os que preferem ignorar o tempo aceso nos ponteiros, mas há também os que estão possuídos de uma idéia doentia, espécie de obsessão, e se dispõem a segui-lo até mesmo pelo relógio de pulso. As horas são muito importantes para estes, como os dias da semana, certas datas do ano que eles marcam em suas agendas, como a passagem do Natal, por exemplo, mesmo que ainda se encontrem no terceiro mês do ano.

Como esses preferem que o tempo seja abreviado, enquanto outros, se pudessem, o ignorariam, enterrando até mesmo o passado mais remoto, como se os dias que lhes sucederam, até o presente momento, fossem feitos de momentos podres e inúteis.

Em verdade, para o doente, o tempo aceso nos mostradores do relógio dói mais do que a própria enfermidade. A morte sopra veloz atrás deles.

A ave circula sobre o ápice da torre, ao crepúsculo, e suas asas desprendem um vento satânico que acelera o tempo — pelo menos é isso o que os doentes pensam. Por que todos os dias, a essa mesma hora, ela vem com suas involuções negras soprar nos ponteiros do relógio para que a noite desça e encha de augúrio a mente dos que sofrem?

A ave voa e circula a torre incessantemente, até que a luz elétrica é acesa e já é noite adentro. Ela então desaparece, para voltar no dia seguinte, à hora que se sucede ao crepúsculo; à hora em que os doentes são mais suscetíveis a aumentar seus sofrimentos.

Débora:
o rapaz ouve a palavra saltar no ar.

A jovem enfermeira o olha de relance. Do canto de sua boca, o leve tremor de um riso se compraz. O rapaz a fita com grande surpresa. Como ela é jovem e bonita! É quase uma menina em seu porte leve, flexível, em seus vinte e dois anos ainda incompletos.

O médico que a acompanha, ou melhor, que a segue em passos paralelos, não percebeu o gesto afetuoso, quase automático. Propõe falar-lhe algo ao ouvido, tocando com as pontas dos dedos a gola de seu guarda-pó. Ela se esquiva a esse gesto que pode ser ditado pelo hábito, pela rotina profissional. Mas o rapaz, de pé na folha da porta, apoiado, sente que isso o perfura como um punhal.

O médico é quase tão jovem quanto a enfermeira, e podem estar apaixonados: "É preferível a quem não vai morrer", ele remói a confissão, com tristeza. Mas o fato de esquivar-se levanta uma débil esperança de que ela também o ame, apesar de seu precário estado de saúde e de seu aspecto físico, que se assemelha ao de um velho decadente.

O rapaz segue o casal com o olhar ansioso, vigiando-lhe os gestos ao longo do corredor que ambos percorrem. No final deste, ele terá que desistir de sua perquirição.

É, de fato, uma afeição muito forte a que o médico alimenta pela jovem enfermeira. Ele volta a tocar a gola de seu guarda-pó e sussurra algo — a boca colada ao ouvido. Mas, antes de aceitar esse gesto, a moça voltou a procurá-lo à porta do quarto e não mais o viu. Essa atitude, pensa o rapaz, não foi a de um ato de pura intuição. Parece uma situação de fato, nesse jogo que não é o de um brinquedo.

Em verdade, nada mais houve que um cochicho, espécie de segredo, que pode ser ainda tomado pelo hábito profissional — o de algumas pessoas que apanham a mania de conversar assim. Mas o certo é que sua enfermidade se agrava diante desse pequeno incidente, sem maiores conseqüências, pois cada um desapareceu ao fim do corredor por alas opostas.

O cheiro do iodofórmio nos lençóis esterilizados é insuportável. O rapaz antes não sentira porque a cama estava preparada desde muito cedo, aguardando sua chegada. Eles foram postos agora, acabam de ser estendidos no leito; as bainhas metidas sob o colchão, as extremidades dobradas e redobradas, presas por broches que se aprofundam no tecido até o final dos ganchos.

É uma superfície brilhante que incendeia a vista e completa a paisagem branca, de gelo, que se estende a todos os objetos do quarto: a mesa-de-cabeceira, o pequeno armário, a cadeira comum, os vasos de uso pessoal do doente e demais acessórios, além do todo o branco da cama, desde o espaldar até as extremidades.

A paisagem triste é uma só para todos os doentes. Também o guarda-pó dos médicos e das enfermeiras cheira ao iodofórmio, se vestidos recentemente. Esse cheiro lhe é insuportável. Era preferível que... mas as manchas encarnadas o denunciariam, falariam por si mesmas.

Agora tudo se assemelha a um pesadelo, se é que tudo não passou mesmo de um pesadelo, de um devaneio da doença. Sua mente deve ter passado por uma transformação, pois como explicar que coisas estranhas assim possam ter acontecido? Mas até no colchão uma pequena nódoa escarlate ainda persiste, apesar da revisão minuciosa empreendida pela jovem. Sempre escapa algo que se pretende deixar sem vestígio. E é exatamente esse sinal a única testemunha de que ele está possuído de sua razão.

O rapaz o acaricia, levantando as extremidades dos lençóis e mergulhando a mão que se mantém inquieta sobre o local vermelho, como o de uma pequena chaga aberta.

Débora:
o ouvido não esquece a voz. Capta o som de todos os lados. Os olhos a vêem em seu porte leve, andando pelo corredor. Enxergam-na em todas as direções que se voltem. Os sentidos a percebem muito próxima, como se ela integrasse a atmosfera do quarto, possuísse o poder de se multiplicar e se transformar em todos os objetos.

A mão amarfanha uma pequena fração do lençol onde a gota de sangue entranhou. Uma mancha, como um sinal impossível, quase profético, que pode ser, inclusive, o início de sua loucura.

Já não detém o pensamento na ave oblíqua, de asas finas e longas, que volteia inquieta no alto da torre do relógio e sopra com suas rêmiges negras o tempo dos mortos. Não o incomodam, tampouco, os ais que partem do quarto do vizinho — os de um homem que está quase agonizante. Há oito anos sofre ininterruptamente. Não é possível que resista por mais uma semana.

Essas coisas desaparecem agora e perdem de todo o seu real sentido, diante desse enigma que ele tenta em vão decifrar. Como pode aquela mancha se incrustar, senão depois de... Não pode concebê-la como um sonho, um pesadelo, pois, por outra razão, os lençóis não teriam sido trocados e Débora não lhe teria exprimido aquele sorriso ao avistá-lo recostado à folha da porta.

Os sentidos a identificam na sombria atmosfera do quarto. Em cada objeto que toca é como se tocasse numa das partes de seu corpo. E seu movimento ondulante, procurando a agulha no assoalho, é visível agora. Ele está, mais uma vez, possuído dos mesmos incontidos desejos.

Em sua testa febril está pousada uma mão. O rapaz estremece ao tocá-la. Acabou de acordar agora e não pôde certificar-se, ainda, se é uma situação de fato, ou se estava a sonhar. Tornou-se, ultimamente, suscetível aos sonhos — sonhos ou delírios provocados pela doença, pelas visões de sangue e sexo que o atormentam.

Débora:
o leve sorriso ilumina o rosto. A mão desliza pela barba e afaga o peito e o sexo. É uma jovem, um demônio que o arrasta em seu fascínio. É Débora, sim, a jovem enfermeira que volta e o provoca mais uma vez. E ele lhe devolve o sinal de sua virgindade ainda quente, como uma tinta forte, fresca em seu odor.

A moça acaricia o sinal com grande ternura e o beija. E seu beijo reaviva a mancha escarlate. Novamente os corpos se fundem. A boca do rapaz suga-lhe os seios e seus dentes os penetram. As unhas da moça perfuram-lhe o pescoço e abrem talhos em suas espáduas — os pequeninos veios fluentes produzem nos lençóis respingos insignificantes.

"... por que logo a mim?"

"... é preferível a quem não vai morrer..."

Ambos estão sentados na cama, de frente um para o outro. São exatamente, agora, quatro da manhã. O silêncio é envolvente e eles podem falar baixinho. Essas vozes são ouvidas durante a noite, no hospital, por aqueles que passam as horas em vigília fazendo suas orações. Essas vozes são conhecidas das enfermeiras e não constituem motivo de apreensão.

"... então por que ele cochichou?"

"... é a isso que se chama ciúme?"

Ela arranca do bolso do guarda-pó um papel dobrado, espécie de carta geográfica, mas é um guia, onde se vêem, em minúsculos retângulos, as principais artérias da cidade. Aponta com o dedo:

— É nesses pontos-chave que operamos.

— Mas isso é muito perigoso — comenta o rapaz.

— Sim, em verdade, é muito perigoso — confirma a moça.

A jovem enfermeira se retira. Agora ele sabe por que o médico lhe sussurrou ao ouvido, tocando com os dedos a gola de seu guarda-pó. Além deste que caminha a seu lado ao longo dos corredores (as cabeças muito próximas, como se fosse um hábito marcado pela rotina), há outros que a acompanham, sempre sussurrando-lhe ao ouvido, tocando-lhe com as pontas dos dedos a gola do guarda-pó. Eles formam um pequeno grupo no hospital: oito ao todo. Ao longo dos corredores, conversando amistosamente, disfarçam melhor. Cada um conduz, no bolso interno da roupa, uma folha dobrada, sublinhado a lápis vermelho o local dos encontros.

O "trabalho" no hospital é difícil e lento. As adesões sempre partem dos doentes que recuperam a saúde. É uma espécie de gratidão, de dívida que eles contraem com os médicos. Sentem-se no dever de ajudá-los. A luta é comum. E só a compreende aquele que esteve muito próximo da morte. Uma vida salva no hospital corresponde a um novo adepto do Partido.

"... por que logo a mim?"

"... é preferível a quem não vai morrer."

A frase já não o atormenta tanto, apesar de seu absurdo. Talvez, intimamente, ela o pressentisse como um homem que possuía o mesmo ideal. A sua alegria, a sua entrega não eram a de quem houvesse cometido um equívoco.

Débora:
o rosto mergulhado na barba crescida.
O rapaz pergunta abruptamente:
— Como pode acreditar em milagre?
— A Fé é uma espécie de ideologia.
— De ideologia? — o rapaz corta surpreso.
— Sim.
— Eu falo numa intervenção divina.
— A Fé é uma só. Nós lutamos por uma causa comum. Cristo, Buda, Lutero, Gandhi lutaram pela mesma causa.
— Tudo em você é muito estranho — é só o que sei. Débora — comenta —, você ainda é uma menina.
— Uma menina! Pois bem: é possível que daqui a alguns meses eu possa ser chamada de mamãe.
— Como? Você acha que isso será possível?
— Por Deus! Juro como estou lhe falando a verdade.

Segunda Parte

— Como se chama ele?
— Dr. Braz, é como os médicos o tratam. É muito doloroso para o senhor ter que o ouvir a todo momento. Mas não há outro quarto disponível neste hospital.
— Mesmo que houvesse, prefiro ficar aqui. Da janela posso ver um pedaço do mundo.
— É uma paisagem muito triste, o senhor não acha?
— Talvez.
— Aquela ave preta não deixa nunca de voar sobre a torre, o senhor já a observou?
— É uma ave como outra qualquer.
— Nem todos os doentes pensam assim.
— Que pensam eles?
— Acham que ela lhes antecipa a morte.
— Cada ave faz seu ponto, escolhe um determinado espaço para voar. É como um hábito marcado pela rotina.
— Eles acreditam que ela sopra o tempo nos ponteiros do relógio. Os doentes são suscetíveis às superstições. Tudo é uma questão psicológica, o senhor não acha?

Retira-se a enfermeira-chefe sem essa resposta. O rapaz fica a observar a ave negra que traçou agora uma perfeita elipse no ápice da torre.

Dr. Braz está à morte. Um sopro a mais e se acabará a vida. A tarefa estafante dos médicos, das enfermeiras, da família, de todos.

Um momento a mais, e o silêncio descerá sobre o moribundo. Ninguém lhe ouvirá mais os gritos quando o enfermeiro passar a sonda, extraindo a urina. O fantasma, o espectro do homem, do que um dia fora um grande homem. A mulher não pedirá mais a Deus que lhe abrevie os sofrimentos. Chegará novo enfermo. Há dias a supervisora espera impaciente a vaga — são tantos os pedidos; são tantos os doentes necessitando internar. A mulher e a filha voltarão ao lar agora com um lugar vazio à cabeceira da mesa, um talher sobrando, um leito desocupado no quarto do casal, o guarda-roupa fechado, com os despojos do morto. Algumas coisas certamente o lembrarão por muito tempo: o relógio, a biblioteca e os móveis estão intimamente ligados à sua presença na casa, ao seu passado, impossível separá-los do morto.

Mas essas lembranças não afetarão a mente da viúva. Servirão, tão-somente, para fixar-lhe a memória — embora Braz (ele sabe tanto!) fizesse um juízo bem diferente do que aconteceria depois de sua morte.

Por muito tempo, pensava ele, diriam os amigos, em visita à família, com um toque sombrio na voz ao percorrer as dependências da casa: "Nesta cadeira Braz costumava sentar-se, após o almoço, para ler os jornais. Exatamente neste lugar (apontam com o dedo uma fração da sala da biblioteca, próxima à janela), ele ficava folheando seus *Manuais de Mecânica*, aproveitando a claridade da luz. Braz!, suspiram monotonamente, era uma figura exemplar."

O engenheiro, o moribundo, o grande homem, o que um dia fora um grande homem, sabe que já é um esqueleto. A terra, os vermes da terra pouco proveito tirarão de seus restos macabros. A longa doença de oito anos que o prostrou naquele hospital — o hospital que ele próprio traçou em cálculos de extrema precisão, — roeu-lhe as células como a ferrugem a um arame antigo, tornando-o podre e inútil.

Aqui — dirá o diretor às equipes médicas visitantes –, aqui, neste quarto, morreu o engenheiro construtor do hospital.

Aqui, sofreu por longo tempo: oito anos seguidos; todos os esforços foram embalde. Lançou-se mão dos recursos disponíveis da ciência. Dr. Braz era uma cabeça, uma inteligência brilhante, uma figura extraordinária.

A morte aproxima-se. O moribundo torna-se, a cada momento, mais lúcido e suscetível. Chama a mulher. Não há mais tempo a perder. Ele jamais desperdiçou o tempo. O tempo, sempre soubera dividi-lo sistematicamente, aplicá-lo com utilidades. Há, sempre antes de partir (e isso se torna obrigatório, necessário aplicar como uma lei), que lembrar alguma coisa, explicar um ponto de vista que se mantinha obscuro, não obstante objeto de discussão a toda hora.

Há, antes de partir definitivamente, que tocar na mesma ferida — a mesma ferida aberta —, impondo, quase por um capricho, um costume, a última vontade, enquanto resta uma chance: não deixar de olear o relógio de parede, evitar o sol nos móveis, remover os livros da biblioteca para evitar as traças.

A mulher o priva de expedir essas ordens — em verdade não são ordens, mas advertências importantes para o moribundo que já não tem em que empregar seus últimos pensamentos. Ademais (sempre escapa o que há de mais necessário), há que modificar o horário de aulas particulares de línguas que a filha recebe três vezes por semana. É preciso fazer-lhe a matrícula num clube social, iniciá-la nos esportes, a fim de que a moça desenvolva, simultaneamente, a mente e o físico. É preciso estimulá-la, também, à prática da ioga. É absolutamente necessário que essas coisas sejam feitas em seu devido tempo.

O moribundo sabe que o tempo é algo muito precioso. Mas a mulher já não pode vê-lo. Há dias o evita. Braz é como um esqueleto. É demasiado difícil para ela.

Não pretende guardar uma lembrança cruel do marido. Braz não percebe que lhe é de todo impossível atender a esse pedido.

Os médicos tentam explicar, mas o moribundo é quem não pode abrir mão, desistir. Restam-lhe poucos minutos, e é estritamente necessário empregá-los de maneira que tire proveitos os mais práticos possíveis.

A mulher é obrigada a comparecer ao pé do leito. Ela também tem deveres a cumprir, é a esposa, lembram os médicos. Mas demorou tanto a tomar essa decisão que, ao se aproximar do moribundo, este já não pôde falar.

Braz bem sabia que o que há de mais necessário nunca se faz.

No quarto do defunto, ainda paira no ar o cheiro repugnante dos remédios, o cheiro nojento. Vêem-se drágeas de cores tristes, atiradas sobre a mesa-de-cabeceira.

O quarto está impregnado de uma atmosfera insuportável. O cheiro dos remédios está na pele, no ar, nos aparelhos de injeção, nos lençóis esterilizados que cobrem o corpo.

As mãos do morto estão cruzadas sobre o peito, não bem as mãos, mas os braços, presos por uma liga de esparadrapo. Já o colocaram na maca que o conduzirá à necrópole. A viúva e a filha espiam o embrulho branco e parecem um pouco aliviadas em seu espanto.

É um embrulho de baixo volume. Os enfermeiros dão-lhe um giro precipitado no quarto estreito, desviando a maca dos móveis.

É tão leve o carrego que apenas um empurra, enquanto o outro segue à frente, guiando o trajeto entre os doentes que se atropelam. Um grande homem acaba de morrer. E isso lhes aguça a curiosidade.

Em verdade, há uma serenidade depois disso; uma grande calma. É cruelmente inexplicável, não obstante é prudente que tal aconteça. Certamente ninguém tirará proveito disso. Ninguém lucrará com o que acabou de acontecer. A rotina será a mesma, as serventes-arrumadeiras já estão preparando o quarto para receber um novo enfermo, mas o esqueleto importuno já partiu com seus gritos finos e sua carga de ossos. Não incomodará jamais. Os doentes não podiam dormir. Não tinham sossego. Os gritos atravessavam os ouvidos: agulhas.

Padre Hugo não chegou a tempo de ministrar-lhe os sacramentos. Com doença tão comprida tornava-se difícil, até mesmo aos médicos, antecipar-lhe a morte. Era lamentável que essas coisas acontecessem, mas essas coisas aconteciam freqüentemente, embora o Padre insistisse. Era necessário confessar em tempo, refletir sobre os pecados enquanto havia uma chance. O sacerdote não pode mentir. Tem que falar a verdade. A verdade! Por mais dura que ela seja.

— Se morrem sem confissão, a culpa não é minha. Estou sempre avisando, insistindo, rogando. Mas temem mais a mim que à própria morte. Como isso é estranho! Preferem carregar consigo os pecados. Não que o sacerdote os tire. Em verdade, ao sacerdote não lhe é dado esse poder. O sacerdote não é uma esponja. O arrependimento é que elimina as manchas, as nódoas, as cicatrizes da alma. Mas é prudente que o sacerdote oriente ao melhor recolhimento, à reflexão mais funda, à fé mais fervorosa. Mas estão sempre dispostos a transferir esse momento, alegando que estão passando melhor e que na última hora mandarão me avisar. Isso é absolutamente incompreensível.

Tive um sonho muito ruim a noite passada, relata o ancião para a viúva e para a filha de Braz, durante o intervalo das orações na capela da necrópole. (O defunto, em meio ao burburinho de meias-vozes, parece, estirado em seu caixão negro, escutar o relatório do ancião, que foi, dois anos seguidos, companheiro de Braz no hospital, no quarto vizinho ao que o rapaz ocupa.)

Foi um sonho pavoroso, recomeça ele. A morte chegava como se fosse uma visita e se sentava na poltrona (a senhora bem sabe, aquela poltrona que lhe ficava à esquerda da cabeceira); a morte ali se sentou, abriu um livro — um livro grosso e negro, de letras muito graúdas, também negras. Tudo era negro. O véu que a envolvia da cabeça aos pés (a morte assemelha-se, em tudo, a uma viúva) — e começou a ler num sussurro imperceptível. Braz parecia um néscio, um demente, e ria zombeteiro, abanando as mãos de ossos.

— Como se não acreditasse no que via — interveio a filha.

— Exatamente — recomeçou o ancião. — Como se ela até o divertisse. E eu pensava que ia muito antes dele! Braz continuava indiferente, rindo como um néscio. (A senhora me desculpe a expressão, a senhorita também, ambas sabem a estima que tenho pelo morto, sempre fomos bons amigos, pois não há lugar mais certo no mundo para se fazer uma grande amizade que num hospital. Mas eu não encontro outra maneira de me expressar.)

— O senhor pode falar como achar melhor — sugere a filha. E o ancião se toma de entusiasmo, estimulado, agora, pela curiosidade das duas mulheres.

— Braz ria como um imbecil, abanando as mãos de ossos, e a morte pouco se lhe dava, na sua indiferença, preocupada com a leitura. Depois não era Braz quem estava mais no leito, mas eu em pessoa; eu, sim, que lhes estou contando esta história. Então, eu agora (no momento em que me reporto) entendia a razão daquele riso cínico: "... e eu pensava que era você que ia antes de mim". Agora era Braz quem me falava assim: assim, sem a menor piedade. E o suor começava a inundar-me o corpo. E eu me sentia como se estivesse mergulhado numa poça d'água gelada, apesar da febre que me assava o corpo. Eu só pensava nos meus filhos, enquanto Braz, ainda com ar cínico, estendia-me os braços de ossos finos. E eu sentia que eles traziam a morte para mim. Eu tinha certeza de que ia morrer nesse momento (nesse momento em que figuro aquele), e Braz estava feliz, completamente feliz, porque me tinha passado um blefe. Eu é que ia morrer em seu lugar, e ele voltaria ao lar, para a senhora e sua filha. Por que se deu o contrário é que não sei explicar.

As duas mulheres conservam-se caladas — a viúva e a filha. Parecem reprovar o gesto debochativo de Braz: "Ele devia ter usado de sutilezas. A morte poderia ter levado seu parceiro. Em verdade este se encontrava mais enfermo. Mas Braz sempre foi assim, um sátiro, um debochativo e até muito cruel em sua obstinada maneira de viver. Tudo tinha que andar sob sua vistoria. Ele sempre esperara pela morte — oito anos seguidos. Jamais desistiria dela. No fundo, gostaria de prolongá-la com a doença fatal, até nisso se via sua teimosia. Ele apenas assustara o outro, o ancião que a temia deveras. Mas ele a trouxera nos braços e a depositara na poltrona, ali ao pé da cabeceira da cama, para si mesmo. Queria vê-la, tocá-la com as mãos de ossos, em toda sua horrífica figura. A morte lhe era tão familiar como os dias da semana. Não lhe traria nenhuma surpresa. E carregá-la, em seus braços de ossos compridos e finos, foi-lhe até uma aventura banal."

As duas mulheres remoem a história que o ancião acabou de contar e já se foi. Tinha deveres a cumprir. A vida impõe a tanto. Braz é todo indiferença. E, se se investigar com minúcia, é capaz de ainda persistir um pouco de riso irônico colado numa ruga ao canto da boca. Por que se há de prantear defunto tão insolente? É possível que a viúva pense assim.

— Como as horas custam a passar — resmunga a filha.

— E o enterro é só para as nove da manhã — informa a viúva, aborrecida.

Os círios estão queimando. Uma vela que o vento arrancou do tocheiro continua acesa, e sua chama caiu entre as mãos cruzadas do morto. Já começa a levantar um cheiro ruim, um cheiro muito forte. Mas as duas mulheres estão cansadas, e é o capelão, que sentiu o odor ao contornar a necrópole em sua ronda noturna, quem vai repô-la no tocheiro.

A filha apóia a cabeça no ombro da mãe, que se mantém insensível ao sono. Nota-se que ela está por tudo aborrecida. O frio corta o pescoço, as mãos, as pernas, as partes menos desprotegidas. E faz, por sinal, muito frio nesta noite de inverno.

Dentro do caixão, colocado ao comprido, com os sapatos atados e coberto até a cabeça com o hábito franciscano, o frio não penetra o morto. E ainda há o calor das quatro velas a aquentá-lo.

A filha pegou no sono. A viúva continua em vigília não por um dever, mas porque o frio a impede de dormir.

— Que noite esta de fazer quarto a um defunto — fala para si mesma. E o silêncio que se segue a esse lamento é incomodativo.

A viúva arregaça a manga do casaco de lã e espia as horas no relógio de pulso. Abana a cabeça, devagar, por causa da filha que dorme. Ela não deve acordar antes do nascer do dia. Nada tem a fazer ali, a não ser espiar o pai afundado no caixão. É melhor que durma naquela posição, embora incômoda para ambas, que volte a se queixar da lassidão da noite.

A moça terá muito o que fazer durante as primeiras horas do dia, que certamente amanhecerá, apesar de tudo. O enterro está marcado para as nove horas. A este se seguirá toda uma semana de aborrecimentos, de afazeres maçantes: a distribuição dos cartões fúnebres, a missa de sétimo dia, os convites aos amigos de Braz, a notícia nos jornais...

O melhor seria fechar a casa por algum tempo se a diária nos hotéis não estivesse tão alta. Em verdade, teriam que gastar uma fortuna, e depois surgiriam os comentários maliciosos dos amigos de Braz — todos os seus amigos pertencem à aristocracia. E a Sociedade dos Engenheiros, é certo, reprovaria essa atitude.

A mulher e a filha sentem-se tolhidas em sua decisão. Estão presas à sociedade. É um dever muito pesado e incômodo, este.

Enquanto remoem essas coisas — a viúva e a filha —, as chamas vão comendo as velas. O vento ajuda também a gastá-las. Quantas velas já foram colocadas nos tocheiros? Mais de uma dúzia! A noite é muito comprida — a noite dos mortos.

— Esta noite não acaba mais nunca! — lamenta a filha ao acordar.

A viúva arregaça a manga do casaco de lã e espia o relógio de pulso:

— São apenas quatro da manhã — informa, com um gesto vago e aborrecido.

O relógio da necrópole, só agora ambas o divisaram à parede, muito acima da cabeceira do morto, embora sua marreta não deixasse de anunciar as horas.

Braz é todo sossego, insensibilidade. Se lhe observar obstinadamente o canto da boca, um resto de riso irônico, debochativo, é capaz de persistir ali. Um resto de riso cínico. Enfim, depois de morto, ele conseguiu (o que não acontecera durante tantos anos de vida) impingir a ambas aquele castigo. Afinal de contas, uma é conseqüência da outra.

Ambas terão agora uma noção perfeita do tempo. Ele sempre dissera que era preciso empregá-lo em tarefas absolutamente necessárias e úteis. Dividi-lo sistematicamente, racionalmente, como o agricultor faz com as sementes ao enterrá-las.

A mulher é agora uma viúva com essas lembranças a percorrer-lhe a cabeça — assim ainda pensa Braz, assim remói na mente a viúva —, enfim ele, depois de morto, conseguiu passar tudo a limpo.

— Não nos deixa sossegadas com esse riso cínico, repuxando o canto da boca — desabafa a viúva.

— Pai era perverso e ruim — completa a filha.

Os ponteiros se arrastam lentos. O vento não os impele, como faz à chama das velas. Não há pressa na noite, nesta noite em que Braz passa a limpo todos os recalques contra a família — a viúva e a filha —, atormentando a mente de ambas. Afinal de contas, uma é conseqüência da outra.

Ela podia ter dado bons exemplos à filha, ensinando à moça como o tempo é necessário; habituá-la a aplicá-lo em tarefas estritamente úteis. Mas ela sempre o achara um exagerado em tudo. O tempo agora terá, nesta noite fria, que dar o valor exato de sua medida. Esta noite podia durar um século e seria ainda muito curta para Braz.

A mulher não suporta o resto de riso cínico grudado no canto da boca, a expectativa da noite infinita. E já se dispõe a difamar o defunto:

— Quando estava planejando o hospital, ele não se cansava de dizer: "Essa construção tem de ser bastante sólida para agüentar os sofrimentos." Ou, se encontrava um inválido em seu caminho, logo augurava: "Veja bem, é preciso aproveitar racionalmente o tempo. Todos nós marchamos para isso."

Braz, se pudesse, conduziria a morte como uma criancinha de berço, em seus braços; brincaria todo o tempo com ela, lhe ofereceria brinquedos, seria até capaz de alimentá-la e niná-la para senti-la bem próxima de si, para que ela lhe seguisse os passos quando crescesse; para que ambos pudessem viver juntos o tempo — o tempo tão necessário, que tanto lhe compraz, quanto o desta noite.

Será insuportável ter que o recordar, lembra a viúva. Braz sempre com seus achaques, suas ojerizas a todos os seus gestos. Ela e a filha levaram uma vida de privações, sob rigoroso controle — uma vida, por assim dizer, quase inútil.

Braz era um neurótico, justifica a viúva para si mesma. Os livros da biblioteca tinham de ser sempre removidos, os móveis espanados e oleados, expostos à ventilação, vez por outra; os jornais do dia entregues à hora certa à sua escrivaninha; o quarto de trabalho interditado à família.

Ele vivia seu mundo. Sua vida social se limitava quase que aos membros da Sociedade de Engenheiros. Não se cansava de medir as áreas das peças da casa, como se elas corressem o risco de diminuir com o passar do tempo. Sabia de cor as distâncias entre os principais aeroportos, as estradas rodoviárias que dão às grandes cidades, as linhas marítimas que ligam os portos mais importantes do país. No hospital, esse hábito não desapareceu. Sem dispor de suas escalas de cálculo, suas tabelas, convertia tudo em frações de polegadas, em milímetros.

Media as caixas dos medicamentos, dobrando a falange dos polegares, calculando altura e largura e anotando os resultados dessas áreas com o lápis numa folha de papel quadriculado. Também media os objetos sólidos que lhe chegavam às mãos: os garfos, as facas de mesa, os pratos, as tigelas e as colheres; o ângulo dos vasos de uso particular do doente. Durante os oito anos em que padeceu no hospital, nenhuma superfície daquele quarto escapou ao seu registro, além de determinar rigorosamente a estrutura e a classificação dos objetos de uso: "Oxidável, ou não-oxidável, exposto à ferrugem."

Apalpava-os, experimentava-os no olfato, como se lhes sentisse o odor; colava-os à pele áspera de seu corpo, e fechava os olhos, como se esse contato lhe proporcionasse o prazer, por exemplo, de um pêssego, quando o levamos ao encontro de nosso rosto.

Terceira Parte

É uma ave muito esquisita aquela, sugere o novato, o que ocupou o quarto de Braz. É um homem alto e magro, de olhos fundos, cabelos ralos, de sessenta anos presumíveis. Mas, apesar disso, da idade e da magreza, há alguma coisa nele que se mantém em vitalidade. Seu aspecto não é o de um velho decadente, mas o de um doente que possui todas as chances de recuperar a saúde. Nesse particular, ele leva vantagem sobre a mocidade de vinte a vinte e dois anos do rapaz, o vizinho, a quem acabou de dar o primeiro bom-dia no hospital, e já se dispõe a puxar conversa sobre a ave que circunda o ápice da torre, onde o relógio marca o tempo — o tempo que tanto aflige os doentes.

— É uma ave muito esquisita aquela — recomeça o novato — e por que circula a torre incessantemente não se sabe. Não parece uma ave qualquer. Suas involuções não são, exatamente, as de um martim-pescador, nem as de um abutre. Desde que cheguei que a observo da janela de meu quarto, em seu vôo contínuo, circular. Ela não se afasta muito da periferia marítima, dos golfos e dos litorais circundantes desta parte da cidade. Após o crepúsculo ela se recolhe em direção àquela ilha, mas isso não quer dizer que não tenha voltado, de imediato, aproveitando a penumbra do crepúsculo, e tenha se empoleirado no alto da torre. É provável até que tenha seu ninho ali. Ela está sempre disposta a vigiá-lo!

O rapaz até então conserva-se incomunicável. Ele não parece disposto ao diálogo. Ainda está sob o impacto da morte de Braz; naturalmente que nunca trocaram duas palavras, apenas ouvia os sinais de seu sofrimento — os gritos finos, persistentes, durante toda a noite, penetrando nos ouvidos: agulhas.

O novato passa o dia debruçado na janela do quarto, espiando a ave negra que circula a torre, e já se enche de superstição. "Parece um demônio, um sinal de mau augúrio", pensa consigo mesmo, e baixa as persianas. Mas essa atitude, em vez de fazê-lo desistir, o excita cada vez mais, aguçando-lhe a curiosidade, e volta a levantar as persianas, deixando livre agora o campo de sua visão.

Se o rapaz se dispusesse a conversar, ele obviamente dissertaria sobre o assunto, mas este continua trancado em si como um bicho, e o outro vizinho está tão mal que sua morte é esperada pelos familiares a todo momento. Naquela ala do hospital só o rapaz pode se movimentar pelo quarto. Sua doença não o prende ao leito.

A ave voa e revoa num ângulo recurvo. O novato pôde vê-la de perto, numa involução ampla e aberta, a poucos metros da janela, a jusante, de onde partem a linha de navegação, os petroleiros, os barcos de pesca e os transportes marítimos transcontinentais.

Nesta área do centro urbano, a ave é conhecida pelos pescadores como o abutre-do-mar, que se alimenta de peixes podres e cadáveres de ratos. Mas, para os doentes do hospital, ela representa o símbolo da morte.

— É Nara! — proferiu o novato.
— Nara?
— Até que enfim o senhor se dispôs a falar — arriscou o outro. — O senhor a conhece?
— Não — disse o rapaz, usando de sutileza. — Esse nome me trouxe a lembrança de alguém.
— É Nara, sim; mas ela não me viu. Eu sabia que ela trabalhava num hospital. Mas em que hospital?... Bem, ela está sempre mudando de hospital.

O rapaz arrisca:
— Por que está sempre mudando de hospital?
— Ela tem tarefas a cumprir. E isso a impede de se deter por muito tempo num lugar. É uma moça que tem um ideal muito perigoso.
O rapaz compreende, agora, por que a jovem usa dois nomes.
— É capaz de Nara possuir um nome diferente aqui — intui o novato. — Como poderei abordá-la? É uma moça muito boa, esta; e já arranjou até um emprego para minha filha. E eu nada tenho em comum com sua ideologia. Foi um ato de extrema bondade.
Débora volta em companhia do médico que lhe toca a gola do guarda-pó e lhe segreda ao ouvido. O rapaz disfarça e oculta-se à folha da porta. O novato avança dois passos dos limites de seu quarto. Débora o avista, mas é como se não o conhecesse. Outros médicos cruzam em sua direção. É preciso ter muita cautela em seu "trabalho".
O rapaz reaparece à porta, e só vê os ombros altos desaparecendo numa curva, ao fundo do corredor.

— ... E Nara me viu e foi como se não me avistasse — lamenta o novato. — Talvez ela esteja magoada comigo; com minha filha, quem sabe. Valéria é uma garota... Bem. Estou sempre a lhe chamar a atenção: "Há quantos meses você não faz uma visita a Nara? É como se não lhe devesse nenhum favor." Mas Valéria sempre encontra uma desculpa para tudo: "Nara sabe que não me sobra tempo; ela também tem tarefas a cumprir. É uma moça muito ocupada." E essa agora, meu Deus! Tenho que encontrar um jeito de lhe pedir desculpas.
— Talvez ela não o tenha reconhecido? — sugere o rapaz.
— Como assim? — reprova o novato. — Nara jamais me esqueceria. Fui eu mesmo que lhe pedi o emprego. Conheci-a do tamanho de uma boneca. O pai a atirava para cima como se Nara fosse uma bola de borracha, um objeto de brinquedo. E Nara sorria e lhe pedia que a atirasse mais alto ainda. Até tocar no teto?, perguntava o pai. E ela dizia que sim, aprovando com um sinal de cabeça.

— Alexandre, um dia você machuca essa menina — advertia a mulher. E Alexandre dizia que Nara nascera mulher por engano.
— O senhor é um velho amigo da família? — indaga o rapaz.
— Claro que sim. Mas depois que Alexandre morreu, é natural que as coisas mudassem. Eu já não tinha tanto o que falar com a viúva e os filhos. Nosso assunto era bem diferente. Jogávamos baralho e íamos ao futebol. Ele sempre com aquela mania do Partido na cabeça. A mesma mania que Nara alimenta hoje. A filha é o retrato fiel do pai. Quando a vejo, é como se sentisse a presença de Alexandre perto de mim.

O novato é um cidadão loquaz, que fala francamente, tem nove filhos, confessou-lhe um dia. Mas a mulher explicou melhor: nove vivos e quatro mortos. Hoje ela terminou mais um pulôver para o marido. Um pulôver bege, com os punhos e a gola de lã azulada, por sinal muito bonito.
— Dê suas medidas e Ana Luíza fará um para o senhor — sugere o vizinho.
Mas o rapaz vê-se atrapalhado com essa generosidade e não sabe bem o que dizer.
— Sim — recomeça o vizinho. — Nem é preciso, não vê, Ana Luíza? Com a prática que você tem...
— Sei suas medidas — acrescentou a mulher. — No fim da semana o senhor já poderá usá-lo.
O rapaz ri, desajeitado, e se esforça por agradecer:
— A senhora é muito gentil.
— Meu marido me diz sempre que deu sorte em ter encontrado um bom vizinho. Isso é tão difícil!

— Não vê só, Ana Luíza, quem eu vi ontem aqui no hospital? — fala o novato para a mulher. Esta espera ansiosa que o marido lhe dê o desfecho da notícia. Mas ele continua escusando-se, como quem luta por guardar um segredo:
— Só Deus sabe quanto o fato me recordou e o quanto... Bem, eu sei que me cabe uma boa dose de culpa, porque, afinal de contas, foi com atenção a mim, em primeiro lugar,

e também pela amizade, mas a Valéria, sim, a esta lhe é devida toda a culpa.

A mulher já se encontra inquieta. E o novato, cada vez mais sutil e misterioso, procura dar um tom dramático à história, carregando a mente da mulher de expectativa. E essa atitude não lhe é peculiar, não condiz com seu caráter. O novato não é homem que use de sutileza; mas, em verdade, ele ficou desapontado com a atitude de Débora, e alguém tem que pagar por essa indiferença.

— A Valéria, sim; só a ela cabe toda a culpa! — recomeça ele. — Você também faz-lhe todos os gostos, Ana Luíza. Por que a filha mais velha tem que ser como um oráculo? Todos são filhos, pois não vês só? Eu não mimo tanto Camila, não exagero em nada, embora ela seja a caçula.

— Mas, por Deus, de que se trata, homem? O que sugere? Eu não tenho culpa alguma, Valéria tampouco, se os pais do rapaz não querem o casamento. Ele é de maioridade, responde por seus atos, e Valéria também. Se é a isso que se refere, não existe culpado algum na história. Eu não posso deixar de apoiar minha filha quando a vejo coberta de razão. Ele me disse que não vai pela cabeça dos pais. Agora me vem você, depois de vinte e nove anos de casados, depois de comemorarmos nossas bodas de prata, entre a maior felicidade, a maior alegria, desenterrar um defunto de que nem sequer restam cinzas. No ano passado, nesse mesmo mês, tivemos uma discussão por causa disso. Olhe que, por coisas assim, muitos pais têm feito a desgraça de seus filhos.

— Ah, antes fosse isso! Mil vezes antes, meu Deus! Ana Luíza, você nunca amadurece essa mente! Quando fui eu contra o casamento de Valéria? Se dou lá algum palpite é porque sou pai. Mas é claro que isso é um assunto tão deles que só a eles interessa. Eu me refiro a... Nunca me senti tão frustrado.

— Eu acho que isso são coisas da doença — concluiu a mulher. — Vou conversar com o médico e revelar tudo o que se passa. Só ele poderá ajudá-lo.

— São quase doze horas e o barbeiro ainda não apareceu.
— Que tolice, Mário, onde se vai aqui de barba feita? Nem devia haver barbeiro nos hospitais.
— Bem, mas se há...

Esse diálogo é ouvido pelo rapaz, com atenção. Um chama-se Mário. E o outro, Adonias. E parecem muito amigos pelo modo como se tratam. São da enfermaria ao fundo do corredor.

É evidente que terão alta muito breve, já podem até andar pelas alas do oitavo andar, onde fica a cirurgia de homens.

"... onde se vai aqui de barba feita?"

Essa pergunta o fascina.

"... nem devia haver barbeiro nos hospitais."

E o complemento lhe é tão importante quanto a primeira parte.

Há doentes que pedem o barbeiro muito cedo, se o dia é de visitas, mesmo aqueles que, de fato, se encontram muito doentes. Não querem que os familiares e os amigos os vejam de barba crescida, o cabelo por cortar, as unhas por fazer. Uns até se perfumam, limpam os ouvidos com cotonetes, escovam os pijamas, pedem às serventes-arrumadeiras que troquem os lençóis da cama.

Há os que recebem a esposa, a noiva, a namorada, os amigos que trazem notícias, contam casos, evocam o passado. Mas há também os que nesses dias ficam mais sozinhos, porque os únicos amigos são os doentes, e estes passam grande parte da manhã grudados a seus familiares.

— Não se pode viver sozinho neste mundo — sugere o novato.

— Bem, isso é verdade — concorda o rapaz.

Os dois homens, os únicos que podem andar pelas alas dos corredores do oitavo andar, param à porta do quarto do rapaz.

— Se o senhor não se incomoda, já que vamos ter alta amanhã, gostaríamos de dar uma espiada na ave negra que sopra o tempo nos ponteiros do relógio da torre.

— Os senhores ainda não a viram? — pergunta o homem que ocupa o quarto de Braz.

— Não. Nós nunca tivemos coragem. Amanhã vamos ter alta. A gente doente se enche de superstições.
— Mas não são superstições — corta o vizinho do rapaz.
— Ela não é uma ave qualquer. Outro dia passou a poucos metros de minha janela. Jamais vi uma ave assim. É verdadeiramente muito estranha.
— Como muito estranha? — pergunta Adonias. — Como muito estranha? — volta a interrogar agitado.
— Ela voa em círculos precipitados. É uma ave muito veloz. Suas asas são finas como navalhas e cortam o ar verticalmente. O corpo é alongado e nos olhos tem um filamento de cobre que lembra o ouro à luz dos trópicos. Não se capta a menor vibração de seu vôo. Quando a vi de perto, enchi-me de terror. De repente, parou no ar como uma colagem no vidro. E pude ver toda a sua estranha imagem. E logo após deslocou-se num raio impressionante. Num abrir e fechar de olhos já estava novamente em circunvoluções precipitadas sobre o ápice da torre.
— Então, é melhor a gente desistir — disse Adonias.
— O melhor é a gente voltar e cuidar de arrumar as coisas para ir embora.

— Você foi indelicado com eles — reprovou o rapaz (já são como velhos amigos e podem falar um ao outro dessa maneira).
— É verdade, mas eu não posso mentir. Eu não a aceito como uma ave qualquer. O senhor não a viu tão próxima quanto eu. E o fato de ficar parada no ar é um fenômeno. Parada e ameaçadora como uma estrela negra. Não sou um homem supersticioso, mas se há coisas que não se explicam, essa é uma.

Ana Luíza pede licença para entrar e o diálogo é interceptado. Entrega o pulôver ao rapaz e pede desculpas se não se ajustar às suas medidas, mas logo acrescenta que está absolutamente segura de que não as excederá.

O marido de Ana Luíza reforça:
— O olho dela é uma flecha atirada por um índio.

O rapaz agradece, sempre desajeitado. Mas, antes que a mulher se retire, ele acrescenta, engrolando as palavras:
— Mas como a compensarei?
A mulher sorri, abanando a cabeça, por causa de seu desajeitamento. E mais uma vez o vizinho intervém, dando a solução do problema:
— Mate o demônio daquela ave que nós nos damos por pagos.

O andar de Débora já não é tão rápido quanto antes, e em seu semblante houve uma completa modificação. Ela olha os objetos como se os observasse muito a distância. Suas pernas (antes formavam um bloco moreno e inteiriço) agora se afastam um pouco, e seus tornozelos tornaram-se mais grossos, e ela parece ter dificuldades em mover os pés. O ventre não disfarça sua curva alongada. Seu riso é doce e se desfaz com macieza. Lembra uma árvore em que os frutos já tendem a amadurecer. Os frutos, ou as folhas, quando estas são grandes e pesadas.

No fim da semana (o rapaz jamais poderá esquecer esse detalhe), completa oito meses que chegou ao hospital. Será operado amanhã, a menos que os médicos modifiquem o boletim de rotina. Mas é quase certo que eles não o modificarão.

Uma das atribuições mais importantes do manual interno de rotina é o da atualização dos fichários dos doentes internos, a fim de que se estabeleça rigoroso controle dos leitos vazios. E estes jamais existem. Há uma fila lá fora a esperar — uma longa fila de doentes aguardando uma chance. Uns são, pela gravidade dos males, obrigados a se internar nas enfermarias de emergência. O serviço de enfermagem está sempre em contato com o centro telefônico, informando esses dados para que sejam distribuídos aos setores-chave, a fim de que os diretores de setor tomem providências urgentes.

Tudo é urgente num hospital.

Débora:
todos ali sabem de seu estado. O guarda-pó não oculta o volume oblongo do ventre. O busto também cresceu. E é perfeita

sua periferia, quase sólida. Ninguém tem a curiosidade de lhe fazer perguntas, a não ser Julinho, o enfermeiro homossexual.

— Quem foi o patriarca dessa obra de arte? — aponta com o lábio sensual. — Daí sairá um futuro... Bom, o melhor é me calar. Pode haver algum espião aqui perto. Eles se escondem dentro das paredes. Mas não será o do 818, claro que não será! Aquele rapaz não fala nunca, parece não se interessar por nada, não é verdade?

É quase certo, pensa agora Débora, que Julinho sabe de suas "atividades subversivas" e de suas ligações com o ra-paz. Ele sabe de tudo! E acentuou bem as palavras: "Aquele rapaz parece não se interessar por nada, não é verdade?"

O rapaz olha perplexo sua beleza juvenil. Em verdade, o moreno pálido de seu rosto, os olhos, a boca e o nariz são perfeitos. Sobretudo, é muito simpático. E tem na sua voz feminina, sem artificialismo, algo musical. Seu olhar é sensível, e o corpo, desde o pequeno busto aos fartos quadris, é o de uma mulher — uma fêmea irresistível. Mas ele disfarça tão sutilmente sua beleza que cada vez mais a ressalta.

Seus cabelos são louros oxigenados. Vê-se que já passou o tempo de aplicar-lhe nova tintura. Já começam a brotar os fios pretos na raiz. E é visível que isso o irrita, pois não deixa de se olhar no espelhinho de bolso. Mas o tempo que lhe sobra é pouco neste mês em que está dobrando o trabalho por um amigo que precisou viajar.

Débora:
o rapaz beija-lhe o ventre e as coxas, um pouco mais abertas, mais fornidas, onde à pele afluem raízes de veias azuladas, veias muito finas, como as linhas de um mapa em suas divisões geográficas.

O rapaz morde-lhe as nádegas com violência. São as únicas partes, agora, em que pode saciar os desejos. Ela também habituou-se a cortar-lhe as espáduas com as unhas. E estas se conservam compridas e curvas e se cravam insensivelmente em sua carne. Hoje é uma data decisiva para ambos. Ele será operado às primeiras horas da manhã e ela terá que comparecer ao comício do Partido que está programado para o início da noite. A polícia já se encontra de prontidão.

O chefe de polícia já expediu nota à imprensa, proibindo a manifestação e pedindo ao comércio e às repartições públicas que encerrem seus expedientes mais cedo e que todos regressem ao lar.

Ambos podem morrer dentro de algumas horas. É um encontro muito significativo, este de agora, os desejos de que estão possuídos são mais fortes do que todos os males. O regulamento é um papiro inútil, um palimpsesto do qual foram raspadas todas as leis.

Glorifica o Senhor, Jerusalém.
Celebra teu Deus, ó Sião!

O Irmão bate à porta do quarto. Pede licença para ler um exemplo, um fascículo, em que um homem renasceu na Fé, banhado em águas novas. É outra a criatura, a criatura de Deus, que suporta com resignação os sofrimentos. Nada pede da vida, senão que ouçam a palavra de Deus, principalmente se é um enviado que está a falar, um eleito da Graça. Não há necessidade de ninguém se preocupar com o dia de amanhã:

Não podereis servir a Deus e às riquezas. Portanto, eis que vos digo: Não vos preocupeis por vossa vida pelo que comereis, nem por vosso corpo, como vos vestireis. A vida não é mais do que o alimento e o corpo não é mais que as vestes? Olhai as aves do céu: Não semeiam nem ceifam, nem recolhem nos celeiros e vosso Pai celeste as alimenta. Não valeis vós muito mais que elas? Qual de vós, por mais que se esforce, pode acrescentar um só côvado à duração de sua vida? Não vos aflijais, nem digais: "Que comeremos? Que beberemos? Com que nos vestiremos?" São os pagãos que se preocupam com tudo isso. Ora, vosso Pai celeste sabe que necessitais de tudo isso. Buscai em primeiro lugar o reino de Deus e a sua justiça e todas estas coisas vos serão dadas em acréscimo. Não vos preocupeis, pois, com o dia de amanhã: O dia de amanhã terá as suas preocupações próprias. A cada dia basta o seu cuidado.

O rapaz o ouve em profunda reflexão. A Fé é uma ideologia. O importante é acreditar, acreditar sem dúvidas. E o rapaz está agora iluminado. O Irmão pousou a mão em sua testa ardente, com firmeza, e recitou de cor todo um salmo em alta voz. O rapaz estremeceu. O Irmão fechou a porta devagarinho. Após ele sair, Débora entrou. Acariciou a mancha vermelha que logo se dilatou, espalhou-se nos lençóis, derramou-se ardente como a lava de um vulcão. Inundou o quarto. Sufocou-a.

DADOS BIOGRÁFICOS

Poeta, ficcionista, teatrólogo, crítico literário, ensaísta, memorialista, José Alcides Pinto nasceu na antiga aldeia de Alto dos Angicos (em São Francisco do Estreito, distrito de Santana do Acaraú/Ceará).

Marcou-o fundo a infância sofrida em meio rude, a par de sua inata curiosidade para a descoberta do mundo à sua volta e do que existiria além dos estreitos limites do espaço natal.

Aos quinze anos, sai desse "espaço" para estudar no Liceu do Ceará, em Fortaleza. Ali, morou na Casa do Estudante e fazia as refeições em casa de seu tio, Hermano Frota. Escreve poemas e mais poemas. Transforma-se num leitor voraz. Termina o curso secundário e, movido por "uma necessidade orgânica, metafísica, de partir para o Rio de Janeiro", consegue, do governador do estado, uma passagem de navio, na terceira classe. Embarca, levando uma carta de recomendação para Osvaldo Peralva, diretor da *Tribuna da Imprensa.*

No navio (numa viagem que ele descreve como terrível), encontra-se com o escritor Braga Montenegro, que já o conhecia por poemas publicados na imprensa cearense. Na escala do navio no Recife, desiste de prosseguir viagem e ali se demora quatro anos, fazendo "de um tudo" para sobreviver.

Em 1946, retoma a viagem para o Rio. Com quatro anos de atraso, entrega a carta de recomendação a Osvaldo Peralva, que lhe consegue emprego no *Jornal do Partido Comunista* (sem que fosse sequer simpatizante do Partido). O emprego durou pouco e lhe valeu uma injusta prisão. Deixando-o, continua a luta pela sobrevivência. Dessa época, ficaram-lhe duras recordações, aos poucos absorvidas por muitos de seus livros.

Superando as dificuldades de contatos no Rio de Janeiro, consegue penetrar no mundo da imprensa e colabora nos suplementos literários de vários jornais (*Diário Carioca, O Jornal, Diário de Notícias, Correio da Manhã* e *Revista Leitura*). Abriu seu próprio caminho e torna-se jornalista profissional. Fez cursos de jornalismo (Faculdade Nacional de Filosofia) e de biblioteconomia (Biblioteca Nacional). Nos anos 1950, fez especialização em Pesquisas Bibliográficas em Tecnologia no Instituto Brasileiro de Bibliografia e Documentação (IBBD). Cursou História da América (Universidade do Brasil).

Simultaneamente a essas atividades, luta para atingir seu grande objetivo: ser escritor. Estréia em livro, em 1950 (em parceria com Ciro Colares e Raimundo Araújo), na *Antologia de Poetas da Nova Geração* (prefácio de Álvaro Moreyra). No ano seguinte, organiza e participa da antologia *A Moderna Poesia Brasileira* (prefácio de Aníbal Machado). Em 1952, publica seu primeiro livro individual, *Noções de Poesia e Arte,* com que assegura lugar definitivo nos quadros da literatura brasileira contemporânea.

Nos anos 1970, volta a residir no Ceará. Trabalha como redator do MEC (Delegacia Regional de Fortaleza). Presta concurso e ingressa na Universidade Federal do Ceará (Centro de Humanidades) como professor de Comunicação Social, cargo do qual se desliga em 1977, para se dedicar à sua fazenda Equinócio, no interior cearense, mas, principalmente, para se entregar à sua tarefa de escritor. Foi professor também da Universidade Federal do Rio de Janeiro. E se, por um lado, como administrador de fazenda foi um malogro, por outro lado sua presença como multifacetado escritor consolidou-se definitivamente, como o atesta a alta categoria de sua fortuna crítica (*Poemas Escolhidos*, Edições GRD, São Paulo, 2003).

Entre os vários prêmios e distinções atribuídos à sua obra, destacam-se o Prêmio Nacional Petrobras de Literatura na Categoria Conto e o Grande Prêmio da Crítica da APCA (Associação Paulista de Críticos de Arte), que lhe foi outorgado no ano 2000. Atualmente reside em Fortaleza.

BIBLIOGRAFIA SOBRE O AUTOR

1977 – SOUZA, Maria da Conceição. *José Alcides Pinto bibliografado*, Fortaleza, Editora Henriqueta Galeno.
1979 – MONTEIRO, José Lemos. *O universo mí(s)tico de José Alcides Pinto*. Fortaleza: Imprensa Universitária da UFC.
1983 – CAVALCANTE, Rodolfo Coelho. *José Alcides Pinto — O poeta que gosta da vida como a vida é*. Fortaleza: Edição do Autor/ Livraria Gabriel.
1989 – LOPES, Carlos. *A voz interior em José Alcides Pinto*. Fortaleza: Edição do Autor.
1990 – CARVALHO, Francisco. *Projeto de cordel para o poeta maldito José Alcides Pinto*. Fortaleza: Edição do Autor.
1994 – MELO, Francisco Dênis. *Um louco de raro juízo*. Fortaleza: Revista da Academia Cearense de Letras.
1997 – MELO FILHO, Inocêncio. *O sagrado e o profano. A mulher na ficção de José Alcides Pinto*. Fortaleza: Revista da Academia Cearense de Letras.
1996 – MARTINS, Floriano. *Fúrias do oráculo* (organização e apresentação). Fortaleza: Casa de José de Alencar.
1999 – CATUNDA, Márcio. *Na trilha dos eleitos*. Rio de Janeiro: Editora Espaço e Tempo.
1999 – NASCIMENTO, Cássia Maria Bezerra. *O místico em Equinócio*. Fortaleza, Universidade Estadual do Ceará (monografia inédita).

1999 – PARDAL, Paulo de Tarso. *O espaço alucinante de José Alcides Pinto*. Fortaleza: Edições UFC.

2001 – MACEDO, Dimas. *A obra literária de José Alcides Pinto*. Fortaleza: Imprensa Universitária da UFC.

2001 – COELHO, Nelly Novaes. *Erotismo — maldição — misticismo em José Alcides Pinto*. Fortaleza: Imprensa Universitária da UFC.

2002 – MACEDO, DIMAS. *A face do enigma – José Alcides Pinto e sua escrituta literária*. Fortaleza: Imprensa Universitária da UFC/IUGRAV – Instituto da Gravura do Ceará.

2003 – PEREIRA, Nuno Gonçalves. *A história da comunidade da antiga aldeia do povoado de Alto dos Angicos de São Francisco do Estreito:* história, literatura e memória. Fortaleza: Imprensa Universitária da UFC.

Impresso nas oficinas da
SERMOGRAF - ARTES GRÁFICAS E EDITORA LTDA.
Rua São Sebastião, 199 - Petrópolis - RJ
Tel.: (24)2237-3769